河出文庫

血みどろ臓物ハイスクール

キャシー・アッカー
渡辺佐智江 訳

河出書房新社

血みどろ臓物ハイスクール　目次

血みどろ臓物ハイスクール

ハイスクールの中で

親は下劣

ジェイニーは母親というものを知らない。彼女が一歳のとき、母親は死んだ。ジェイニーは父親だけが頼りで、彼をボーイフレンドとも兄とも姉とも金とも娯楽とも、そして父親とも思っていた。

ジェイニー・スミス十歳。父親とユカタン州の州都メリダに住んでいる。ジェイニーとスミス氏は、北アメリカのニューヨーク市での彼女の長期休暇を計画していた。ジェイニーを厄介払いすれば、まだヤラせてくれない二十一歳女優の卵サリーとベッタリできようというのが、スミス氏のそもそもの魂胆だった。

ある晩、スミス氏とサリーが出かけた。ジェイニーには、父親とあの女がこれからフアックするんだとわかっていた。ジェイニーもそれは可愛らしい少女だったが、片目が斜視なので、いささか不気味な感じだった。

ジェイニーは父親のベッドを壊し、バラバラになった板を玄関のドアのところに積み上げた。スミス氏が帰宅し、これは一体何のマネかと尋ねた。

ジェイニー あたしを捨てる気ね。(なぜこんなことを言い出すのか自分でもわからない)

父親 (ア然とするが否定はせずに)サリーとは初めて寝ただけだ。先のことなんてわからないよ。

ジェイニー (これにはビックリ。まさか自分が口走ったことが事実だったとは。すねてみただけだったのに)やっぱりあたしを捨てるのね。イヤよイヤ、そんなのってないッ。

父親 (やはり呆気にとられて)おまえを捨てるなんて考えてみたこともないよ。ただヤッただけじゃないか。

ジェイニー (そう言われてもまったく冷静になれない。恐らく相手は、こちらが脅えると逆上し狂乱するのをよく承知しているから、この騒ぎをけしかけているのだ)捨てないで。お願い。(今やヒステリーは最高潮)あたし……(待てヨ。抑制を失い、この状況を作り上げているのは自分かも知れない。相手の言い訳も聞こう。恐怖に震えながら尋ねる)彼女にそこまで惚れてんの?

父親　（考える。混乱しはじめる）わからない。

ジェイニー　あたしだってアホじゃないんだから。（彼があっちの女にぞっこんなのだと知る）こんなマネするつもりはないのよ。（彼がこの恋に夢中なのをますます実感。出し抜けに）先月なんて、あいつにベッタリだったじゃない。あたしと食事もしてくれないで、病気のときだっていつもみたいに看てくれなかったし。あいつに心底参っちゃってるんでしょ。

父親　（事態の深刻さには気づかずに）今晩初めて寝ただけだって。

ジェイニー　あんたたち二人は、あたしとピーターちゃん（ジェイニーの羊のぬいぐるみ）みたいなただの友だちで、寝るつもりなんかないって言ったじゃない。あたしがそこいらのアートスクールの連中と寝るのとはワケがちがうわ。親友と寝るっていうのは、すっごいマジなことなんだからッ。

父親　わかってるよ、ジェイニー。

ジェイニー　（このラウンドには勝てなかった。裏切りを責められた相手は、その指摘から完全に逃げようとはしなかった）サリーと一緒に暮らす気なの？（と最悪の可能性を尋ねる）

父親　（引き続き悲しそうに、煮え切らず、しかし逃げ出したいので底にワクワクした調子を秘めて）わからない。

ジェイニー　（耳を疑う。最悪のことを口走るたびにそれが事実だなんて）いつわかる

ボーイフレンド、兄、姉、
金、娯楽、そして父親

のよ。あたしだって計画立てなくちゃならないんだから。

父親　一度寝ただけなんだ。ジェイニー、少し様子を見たらどうなんだ。せっかちになるなって。

ジェイニー　あんたがだれかほか女を愛してて、あたしを追い出すつもりだってのに、せっかちになるなってのはどういうことよ。あたしを何だと思ってんのよ、ジョニー。愛してるのよ。

父親　もうよそう。事を荒立てるもんじゃない。

ジェイニー　（耐えきれず一気に）愛してる。あなたに夢中。初めて会ったその瞬間、アタシに光が射しました。君こそ我が初めての喜び。なぜにわかっちゃくれないの？

父親　（沈黙）

ジェイニー　捨てられるなんて耐えられない。刃物で脳ミソを真っ二つに切り裂かれるみたい。こんな苦しみ、初めてよ。あんたがだれとヤラかそうとそんなこと問題じゃない。それは知ってるでしょ。あたしが今までこんな醜態さらしたことある？

父親　わかってる。

ジェイニー　捨てられるのが怖いだけなの。あたしがサイテーだったのは認めるわ。さんざんヤリまくったし、あんたを友だちに紹介しなかったし。

父親　ジェイニー、これは遊びなんだ。ちょっと楽しもうっていうだけなんだ。

ジェイニー　（今度は理性の一発）けどあたしを捨てるかもしんないじゃん。

父親　（沈黙）

ジェイニー　わかったわ。（悲惨な状況の真っ只中で必死に踏ん張り歯を食いしばり）あんたとサリーのあいだの成り行きを見守ると。そしたらこの先、あたしがあんたと暮らせるかどうかはっきりする、そういうこと？

父親　わからん。

ジェイニー　わからんってか！　あたしにわかるわきゃないよね。

その夜、数ヵ月ぶりにジェイニーと父親は一緒に寝る。そうでもしなければ、ジェイニーが寝つけないからだ。父親の愛撫は冷たい。頭が混乱していて、愛撫する気分になれないのだ。ジェイニーは骨盤炎症のため死ぬほどアソコが痛むにもかかわらず、父親をハメまくる。

次の詩は、ペルーの詩人セサル・バジェホの作である。一八九二年三月十八日生まれ（ジェイニーは一九六四年四月十八日生まれ）。パリで十五年間暮らし、四十六歳にして同地で死んだ。

　九月

九月の宵、君は去った

優しかった君……悲しいほどに！
ぼくは自分も何もかもわからない
でも君、**君よ**、優しさをふりまかないでくれ

今宵ひとり囚われの身
孤独で、非道で、病的で、うろたえている
ぼくは自分も何もかもわからない
ぼくは自分がわからない　悲しみに疲れ果てたこの身では

今宵だけが優しい、**君**
ぼくを娼婦にする、やめてくれ
神から賜ったこの隔たりだけが唯一のもの
君の忌まわしい甘美さにぼくはすがりつく

この九月の宵、種が蒔(ま)かれる
燃え盛る石炭に、車から
水たまりに――だれも知らない

ジェイニー （父親が出かけようとしているところへ）今晩、帰って来る？　詮索するつもりじゃないの。（自己主張はひっこめた）ちょっと聞いてみただけ。
父親 もちろん帰って来るよ。
父親が家を出るとすぐに、ジェイニーは電話に駆け寄り、彼の親友ビル・ラスルを呼び出した。ビルは一度ジェイニーに突っ込んだが、そのチンポコは彼女には大きすぎた。彼なら、ジョニーの頭がイカレているかいないのか、本当にジェイニーとおさらばしたいのかどうか、とにかくジョニーに何が起こっているのかおしえてくれるはずだ。ジェイニーはビルに隠し事はしなかった。
ジェイニー 今現在、我々はさまざまな意味で新時代の入口に立たされているのよ。人々はアーティスティックに自己表現するなんて贅沢（ぜいたく）が許されないままに、ありとあらゆる難題に取り組まなければならないんだわ。ジョニーはサリーに惚れてんのかしら。
ビル いや。
ジェイニー ちがうの？（圧倒的な驚愕と希望）
ビル 二人のあいだには何かとても深いものがあるようだけど、サリーのためにきみを捨てるようなマネはしないよ。
ジェイニー （さらに高まる希望）それじゃあ、なぜあんな仕打ちをするのかしら。彼ったら、あたしを捨てる話をしてるのよ。

ビル　ジェイニー、何があったのかくわしく話してごらん。知りたいんだ。こりゃ重大だよ。ジョニーときたらここのところずっとぼくを友だち扱いしてくれないし、話しかけてもこないんだ。

ジェイニー　あいつが？　あなたのことは親友と思ってるはずよ。（決意を固め）何もかも話すわ。あたし、病気だったの。

ビル　それは知らなかった。悪かったね、これ以上邪魔するのはよそう。

ジェイニー　本当に病気だったのよ。普段なら、こんなときはジョニーが看病してくれたんだけど、今度はちがったの。一ヵ月くらい前かしら、アンドレアやサリーと遊びまわってるって話してたわ。「それはいいじゃない」って言ってあげた。新しい友だちができたら結構なことじゃない。ひとりぼっちだったんだもの。それでよかったわねって言ったのよ。サリーには夢中でホレちゃいるけど、性的なもんじゃないんだって。別にこっちはどうでもよかったんだけど。でもあいつ、実にヘンな態度をとってたわ。あんな彼、見たことない。ここ二ヵ月なんて、あたしを憎んでるみたいに扱うのよ。あの人があたしを捨てるなんて、考えもしなかった。でも現にそうなのよ。

ビル　（割り込んで）ジェイニー。夕べのことくわしく話して。何もかも。（ジェイニー、ビルに話す）一体何だっていうんだろうな。

ジェイニー　二つに一つ……あたしはジョニー。（考える）二つに一つ。（非常にゆっくりはっきり話す）その一、あたしはジョニー。あたしは名声や成功を手に入れはじめ、女たちはあたしをハメチンしようと必死。あたしに手を出したがる女になんて、生まれてこのかた縁がなかった。さあ、何もかも手に入れたい。世界に踏み出して行きたい。できる限り遠くまで。言ってること、わかる?

ビル　うん。続けて。

ジェイニー　関係ってものには二つのレベルがあるのよ。一方がもう一方より勝ってるなんてことはないと思うけど、一方が他方よりずっと成長を遂げてるってことはあると思うの。第二のレベル、それは協働のようなものよ。自分で自分の欲求が何なのかよくわかってても、いちいちそれを追いかけないわけ。相手とともに実現させる努力をするのよ。ここ一年、あたしはそれを学ばされた。あたし、ジョニーと力を合わせていく覚悟なの。

ビル　なるほどね。ジョニーはあらゆることにトライすべき地点にいるわけだ。

ジェイニー　そう、第一のレベルよ。

ビル　きみのママが死んでからというもの、やつの人生を支配してきたのはきみで、今ややつはきみを憎んでいる。やつはきみを拒絶しなければならないから、きみを憎まなければならない。自分が何者であるかを知らねばならない。

ジェイニー　それで今年仕事で危機に陥っていたことも納得できるわ。

ビル　アイデンティティの危機。

ジェイニー　なるほど……どうしたらいいのかしら。

ビル　取り乱したり、やつを責めたりしないことだ。
ジェイニー　それならもうやっちゃった。（笑えるものなら笑いたかった）
ビル　きみこそがやつの憎む唯一の人間で、きみこそがやつが厄介払いしようとしているすべてだってことを悟るべきだね。支えておやりよ。取り乱しそうになったら、また電話しておいで。でも相手の前で感情をさらけ出しちゃだめだ。そんなことしたら、ますます憎まれるからね。
ジェイニー　もオッ。あたしがどんな人間か知ってるでしょ。精神不安定の権化なのよ。
ビル　気を落ち着けて。あいつは難しい時期を迎えてるんだ。ひどく混乱してて、きみの助けを必要としてるんだよ。ぼくも話をして、もう少し様子を探ってみる。とにかく話をしなきゃな。やつがぼくに冷たい理由も確かめたいんでね。
その夕方、スミス氏は仕事から戻った。
ジェイニー　ゆうべはサリーのことで怒っちゃってごめんなさい。もう二度とあんなマネしません。あなたに心から大切に思うガールフレンドができて、素晴らしいことだと思うわ。
父親　こんな気持ち、生まれて初めてだ。だれかに対してこんなに強く何かを感じられる部分が自分にあったなんてうれしいよ。
ジェイニー　そうね。（努めて冷静に）よかったらあなたのお友だちになりたいってことをわかってほしかっただけなの。（少し震える）

父親　ああ、ジェイニー。大切に思ってる、心から。（これは功を奏した。ジェイニー泣き出す）今は少しばかり混乱してるんだ。一人になりたい。

ジェイニー　あたしを捨てるつもりね。

父親　成り行きにまかせよう。行かなきゃ。（一刻でも早く部屋から退散したがっているのが見え見え）

ジェイニー　待って。（感情をかき集め隠しつつ）悪気で言ったんじゃないわ。ビルに言われたように、冷静になってあなたに力を貸そうとしてたのよ。

父親　ビルが何て言ったって？（ジェイニー、ビルとの会話を繰り返す。一気にまくし立てる。ジェイニーは黙っているのが苦手だ）ぼくの人生はね、ジェイニー、この九年間というもの完全におまえに支配されてきた。今や、おまえがだれで自分がだれなのかもわからない。ぼくは一人にならなきゃいけない。おまえも以前、しばらく一人で過ごしたことがあるんだし、そういうことが必要なのは知ってるだろ。ぼくという人間が何者なのか確かめたいんだ。

ジェイニー　（涙乾いて）わかったわ。あんたがしようとしてることは、素晴らしいことだと思うわ。いつだって「どうしたいの？」って聞いてあげてきたけど、あんたはそのたびにわからなかった。いつもあたし、あたしの声だけ。自分を小言のかたまりのように感じてた。あんたには男になってもらいたいものだわ。何から何まであたしが決めることなんかできやしない。あたし、しばらくアメリカへ行きます。そしたらあなた、一人になれるわよ。

父親　（相手がこれほど素早くしかも完璧に、ひどいヒステリーから歓喜へと脱出したのに感心しつつ）おまえは強い娘だね。

ジェイニー　あたしは納得できないとヒステリーを起こすのよ。もう万事オーケーよ。わかったわ。

父親　さてと、出かけなくちゃ。街でパーティーがあるんだ。遅くなるけど帰るからね。

ジェイニー　別に帰って来なくてもいいわよ。

父親　帰ったら起こしてあげるからね、ジェイニーちゃん。いいかい？

ジェイニー　そしたらお布団にモグモグして、一緒におネンネちてもいーい？

父親　いいともォ。

メキシコ人の、正確にはマヤ人の小さな村々は驚くほど小綺麗で、丸い草葺（くさぶ）き屋根の小屋、アヒル、七面鳥、犬、麻、トウモロコシなどが見られる。マヤ人は自給自足で、骨が細く、美しい。ある老人は言う。「メキシコ人は美よりも金を尊ぶが、マヤ人は金よりも美を尊ぶ。あんたはとっても美しい」彼らはチリと塩とライムをまぶした焼きトウモロコシや、肉、主に七面鳥をよく食べる。

メリダやその周辺には、至る所に小さなフルーツ・ドリンク・スタンドがあり、飲み物は新鮮な甘い果汁に砂糖と水を加えたフルーツ・ジュース（jugos de frutas）。メリダのこのほかの建物はすべてレストランで、料理はまともで安いアウトドアカフェから、金持ち相手の高級なヨーロピアンタイプのレストランまでさまざまだ。メリダという都市は麻栽培者の金で出来上がっており、ある通りには彼らの大邸宅が軒を連ね、また各々がセカンドハウスを所有している。彼らを除いては、人々は貧しい。しかし街は小綺麗で、大きく、国際的で、メキシコ人に言わせればメキシコ的ではない。

メキシコはいくつかの地域に分けられ、それぞれに特徴がある。ベラクルスには芸術、メリダには麻、カゴ、ハンモックというように。

ウシュマルには、マヤ文明の遺跡や巨大な寺院がある。建物はすべて巨大で、威嚇的で、高々とそびえ立っている。中心部には低い窪地がある。すべてが互いに遠く距離を置いている。特徴を忘れさせる。風が丈高い草をなびかせる、ヒュー！　ヒューヒュー！　アマゾンの沼地ほどではないが、緑の葉を見事に生い茂らせたジャングルが囲んでいる。すべてが聴こえる。このどっしりとした長方形の建造物群の使用目的は何だったのか、謎である。今では鳥が建物の中の小部屋で金切り声を上げ、飛び去ってゆくばかり。長大なイグアナが岩の下を走る。地面がやや低くなったところでは、鮮やかな緑と赤の小さなトカゲが小像をひとつ通り越し、小道を走り抜ける。小さなコンクリート・ブロックの上では、滑稽な猿のような、おぞましい犬のようなジャガーが二頭、背中合わせになっている。双面神ヤヌス？　太陽？

マヤ人の小さな村には、古い石造りの農家、教会、工場などのあらゆる廃墟がある。

巨大な緑の植物が石のあいだから伸び、ニワトリ、こげ茶色の羽をつけた七面鳥の群れ、三匹のブタ（うち一匹はピンク）が駆けまわる。人々は痩せて小柄で、どうにか住めるかという程度の廃墟に住んでいる。

舗装されていない道をさらに行くと、別の村がある。日曜日には、普段は穏やかで威厳のある男たちが酒に酔う。大きな黄色いトラックの運転手が頭（かしら）だ。村中の男たちがその手に触っている。敬意を示しているのだ。彼らの話では、頭は長女を授かるところらしい。もし子どもが授かれば、皆にブタ一匹振る舞おうと頭が言う。男たちの身体が揺れ動く。女たちが見ている。

午前五時になると、ジェイニーはもう耐えかねた。それで、高熱にもかかわらず通りを彷徨（さまよ）った。どこに駆け込んだらいいの？　どこに平和（あたしを愛してくれるひと）があるの？　だれも彼女を呼び入れてはくれない。小雨が降っていた。そのせいで一層熱が上がった。サリーの家の前で立ち止まる。そして立ち去った。

父親と自分のアパートメントに戻った。彼女はアパートメントを憎んだ。そしてこの憎しみに満ちた苦しい心を持てあますばかりだった。

朝七時三十分、ジェイニーは自分のベッドで目が覚めた。トイレに行こうと父親のベッドのそばを通り過ぎようとしたとき、父親を見つけたので反射的に聞いた。「帰り、

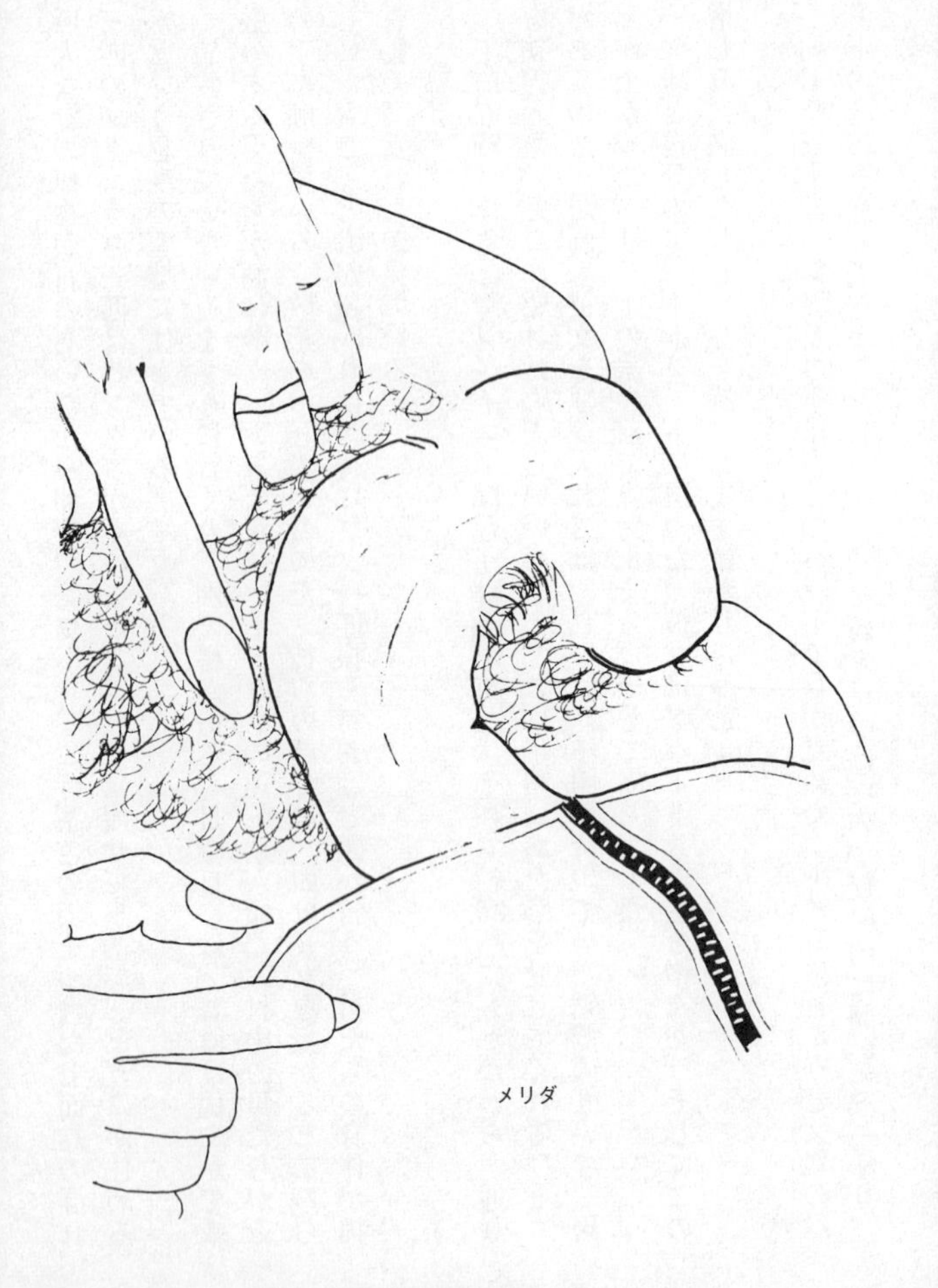

メリダ

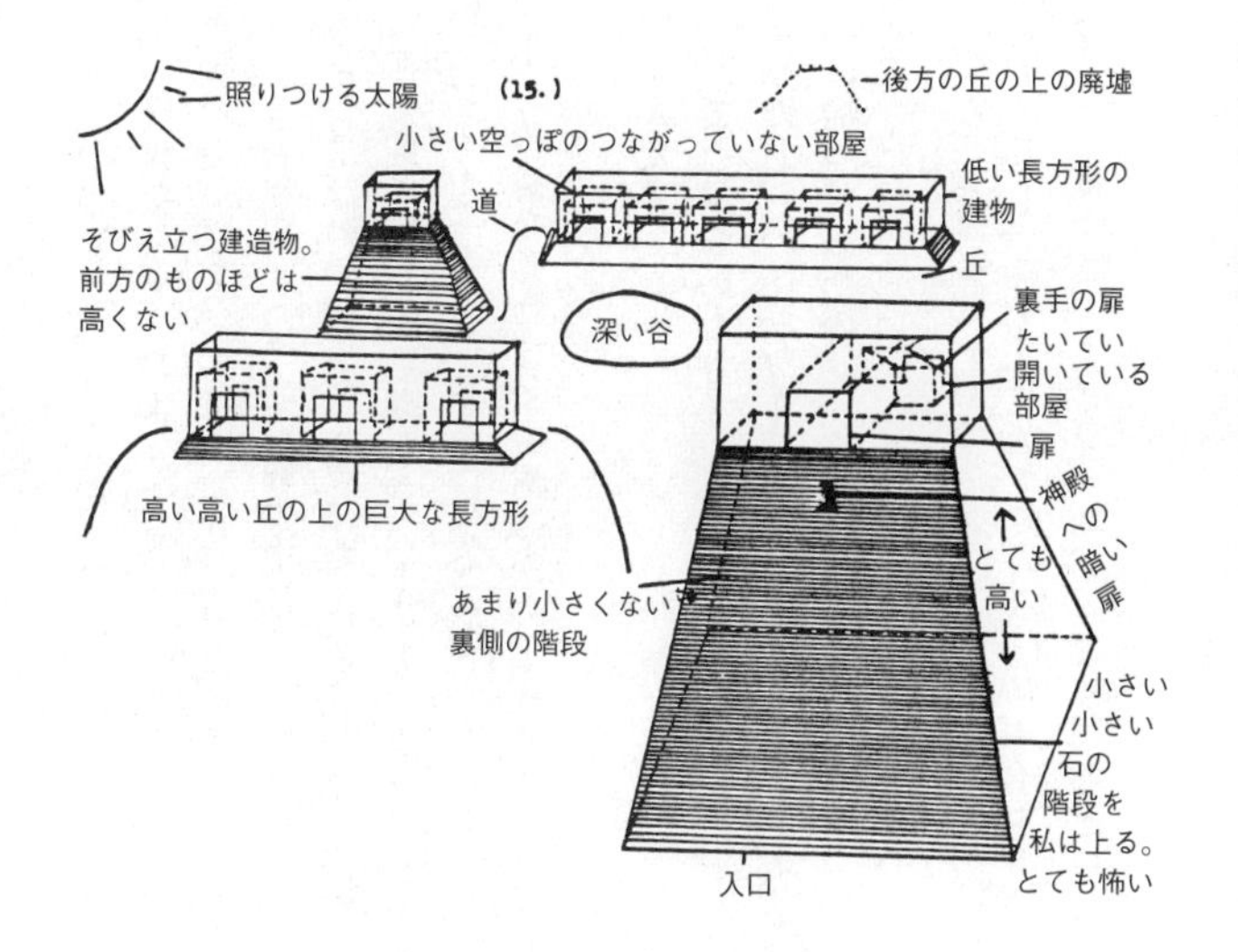
照りつける太陽
(15.)
後方の丘の上の廃墟
小さい空っぽのつながっていない部屋
低い長方形の建物
道
丘
そびえ立つ建造物。前方のものほどは高くない
裏手の扉
深い谷
たいてい開いている部屋
扉
神殿への暗い扉
とても高い
高い高い丘の上の巨大な長方形
あまり小さくない裏側の階段
小さい小さい石の階段を私は上る。とても怖い
入口

遅かったんでしょう。パーティー、楽しかった?」
父親　パーティーには行かなかったよ。
ジェイニー　行かなかったア⁉（真実を知り、いたいけな女の子の声音で）そう。
父親（手を伸ばして）おいで（ぼくの腕の中に、という意味）。
ジェイニー　イヤ（と飛びのく）。あんたになんか触りたくない。（自分の思いちがいに気づく。非常に神経質になって）寝なさいよ。大丈夫よ。おやすみなさい。
父親（命令的に）ジェイニー、こっちへ来るんだ。
ジェイニー（相手が獰猛な動物でもあるかのように後ずさりしながらも求めつつ）イヤ。
父親　抱きしめたいんだよ。
ジェイニー　どうしてウソついたりしたの。
父親　時間も遅かったし、パーティーに行く気分じゃなかったんだ。
ジェイニー　何時に帰って来たの。
父親　七時頃かな。
ジェイニー　そう。（一段といたいけな女の子の声音で）サリーと一緒だったの?
父親　おいで、ジェイニー。（ヤリたがっている。ジェイニーはそれを承知している）
ジェイニー（逃げて）寝なさいよ、ジョニー。じゃ、あとでね。

ジェイニー　（三十分後）ジョニー、一人じゃ眠れないの。ベッドに入っていい？

父親　（不機嫌に）眠るつもりなんかないよ。お入り。（ジェイニー、尺八サービス。ジョニーはジェイニーとのセックスにのめり込んでいるわけではないが、体の方では楽しんでいる）

三時間後、ジョニーは目を覚まし、今夜食事を、正しくはお別れの食事をし、それからジェイニーが出発してはどうかと提案した。ジェイニーは傷つき、「イヤ」と寝言で答えた。

目覚めるとすぐ、ジェイニーは思いあまってビルに電話した。「ビル、事態は悪化する一方ヨ。ジョニーはあたしをとことん傷つけようとしてるの」どういうふうに？　彼は夜一緒に過ごそうと言っておきながら、サリーに乗り換えた。そしてジェイニーに、サリーには以前どんな女の子にも感じなかったものを抱いていると言った。

ビルはジェイニーに言い聞かせる。ジョニーはサリーを愛しちゃいない、ジェイニーを出来る限り傷つけようとしてサリーを利用しているだけだ、やつはかなりおかしくなってるから、当分のあいだ離れていた方が賢明だ、と。

ジェイニー　あの人、またあたしのこと必要だって言ってくれるかしら。

ビル　きみたち二人のあいだには、いつだって強い絆があったじゃないか。何年も一緒に暮らしてきただろう。

メリダのマーケットでは、背中に赤や青や白のラインストーンをちりばめた三〜五センチ大のかぶと虫が箱の中を這いまわっているのが見かけられる。

教会の外では、一人の女が小さな安っぽい銀色の飾り物をゴチャゴチャ並べて売っている。人々は目的に適った飾り物（腕を折った人は腕、赤ん坊の悩みを抱えている人は赤ん坊、腎臓の悪い人は腎臓、仕事に悩みのある人は労働者の形をしたもの等々）を買い、それを手にして大きな教会へ入って行き、聖母マリアに捧げる。

巨大な廃墟。

草に埋もれている。背丈ほどもある階段でできた巨大な建造物。階段の高さは均一。長い足をもってしても、上るのは困難だ。四面が延々と続く階段になっている建物もある。最上階には、穴がひとつ空いた小さな長方形の石のほかには何もない。時々、巨大な怪物じみたガラガラヘビがアタマを突き出す。石は粉々に砕けている。最も古い建造物はひどく荒廃し、ほとんどその跡をとどめていない。

次なる建造物群。建築様式ははっきりしていて、使用目的は明らか、つまり機能的。住居。住居の水平の各層に、隠れたトンネルが走る。人間向けのスケール。井戸がある。壁画や宗教的な彫像はない。己を律し、人生は一回限りと悟り、消えていった汚れなき人々。

次の区域には、巨大で威圧的な建造物が建ち並んでいる。四面全部にある果てしなく幅広い無数の階段が、小部屋、ワシ、ガラガラヘビ、外そして内に続いている。建物の内側には、狭く険しく湿った階段がある。建物のずっと奥には、真っ白な歯を光らせた小さなジャガーがいる。その上に一人の男が乗って、身を横たえている。外側の階段は非常に幅が狭く、焼けつくような白い太陽が絶え間なく照りつける。上るのは実に危険だ。ほかのすべての建造物も、同じように建てられている。過剰装飾され、恐怖を呼び起こすほどに人間を遥かに超えたスケールで。野球場は恐怖を呼び起こす。なんのために？　なぜロックフェラーはこれでも金が足りないとばかりに、プエルトリコ近海で生き物を殺すのか？　なぜ彼／彼女は自身の気まぐれに翻弄されるのか？　愛しているはずのひとを傷つける（苦悩の淵に陥れる）まで。「一人として遺跡について知る者はいない」とパンフレットには記されている。だがそれら遺跡は、ほかの何にもまして人間のエネルギーを高める。

大声で言ってはいけない。野球場に続く頭蓋骨の長い壁は、死を反復している。

発表。ジョニーは、着替えようとアパートに立ち寄った。ジェイニーは一緒に食事に行きたいと言った。ジョニーは行きたくないのかと思っていたと返事した。彼女は不本意にも嫉妬を感じてしまっていたのだと言い、何が起こるのかわかりさえすれば嫉妬心を起こさないようにすると約束した。嫉妬心というものを熟知していた彼は、嫉妬心には用心するよう相手を戒めた。折しもデヴィッド・ボウイに胸を焦がしているらしい女の子と屋根の上で一夜を明かしたところだったのだ。ジェイニーは頭の中で、そんなことが問題じゃねーんだよと抗議しはじめた。そしてこの件については話すのをやめることにし、気を落ち着けて、いつどこで食事をするのか、そして自分が出発する前に愛し合っているフリができないものかと尋ねてみた。とてもロマンチックな二日間になるだろう。そして空白。彼女は、現実よりも空想を操る方に長けていた。

ジョニーはサリーに会いに出かけた。

ここはジェイニーのお気に入りのレストラン、ヴェスヴィオ。メリダで唯一の北イタリア地方のレストラン。

ジェイニー（別離については触れない話題を探して）サリーって、どんな人？

父親　わからない。（近すぎて特徴がぼやけて見えない相手のことを話しているように）ぼくたち、すごく相性がいいんだ。好みも似てるしね。とても真面目な娘さ。それが彼女。インテリだよ。

ジェイニー（平静を装って）そう。仕事は？

父親　まだ決めてない。自分のことをよく知ろうと努めてるらしいね。音楽にも興味があるし、モノを書いたりもする。広く浅くやってるよ。

ジェイニー（フォローしてやるか）何事にも時間がかかるものよね。

父親　知識欲が旺盛なんだ。ぼくにとっても刺激になるよ。いろんな所に足を運ぶし、最新の情報もあれこれ仕入れてくる。知識があって、しかも新鮮な視点を備えてるんだ。

ジェイニー　（独り言）新鮮な肉だとよ、お嬢さんたち。あたしゃもっと若いけど、こちとらタフで堕落した腐れビーフ。わがオマンコは赤しオエッ。彼女は細身の美人。あいつのこと見たわ。モデルみたいな人。あたしが常々あんな風だったらと願い、かつ実現不可能なあのカンジ。アレとは張り合えっこないさ。（大声で）素敵じゃないの。（出来る限り無邪気な声で）すべてを分かち合える人ができたなんて。ずうっとひとりぼっちだったんですものね。（ジェイニー、自分を貶めるよう努める）

父親　話題を変えよう。

ジェイニー　（予期しない展開になるたびやたらと臆病になって）どうしたの？　何か気にさわることでも言った？　（間）ごめんなさい。

暗黒。会話は途切れた。

父親　サリーは常に事の正否を見極めようとしている。自分が適切な行動をとっているかどうか、いつも考えている。まだとても若いけど。

ジェイニー　（サリーに謝罪しつつ）たしか、大学を出たばかりなのよね。

父親　バーモントの牧師の娘なんだ。

ジェイニー　（その出自から、サリーがワスプの小娘どものように、より有名な人物に出会うまで誰彼かまわずオマンコアタックする金持ちの若いあばずれと納得）あなた、ワスプの女の子たちがお気に入りですものね。（言わずにゃいられない）あいつら、

あんたになんか何も期待しちゃいないわよ。（自分に――おまえのようにね）

父親 彼女見てると、初恋のアンのこと思い出すよ。

ジェイニー アンならおぼえてるわ。（アンはブロンドで背が高く、今はメロドラマに出演している）

会話は尽きた。ジェイニー、自分に――今のあたしたちにはサリーのことしか話すことがないんだわ。

ジェイニー サリーと暮らすつもり？

父親 もう、ジェイニー、そうはならないったら。

ジェイニー 嫌がらせじゃないの。

映画を観に行った。ジョニーが全額払った。映画が始まると、ジョニーの肩にもたれたくなった。でも、彼があたしの皮膚の感触を拒むんじゃないかとビクビクした。「まだあたしに性的魅力を感じる？」と訊いてみた。「うん」と彼は答え、あたしの手をとった。だけど映画が終わるまで、その手は微動だにしなかった。

ムチ打ちは身にこたえる。タクシーの中、あたしはみじめな気持ちになってきた。車から降りたかった。クッソオオ、また何もかも台無しにしかけてるじゃないか。コトが好転しそうな肝心のところでさ。

わがオマンコは赤しオエッ。

ジョニーは何事かあるとみて、どうしたのと尋ねてきた。

あたしは何でもないと答え、車から飛び出そうとした。

サリーのことを話題にすべきじゃなかったと彼は言う。

どうしてサリーのことを話しちゃいけなかったの？

返事がないところをみると、サリーちゃんは神聖なる話題の対象なんでしょうよ。

キッチンで二人きりになると、あたしたちは次々と蒸し返しにかかった。彼が寄り添ってくるたびにあたしが拒んだこと、慕ってくるたびに追い払ったこと、あたしがシャイなアプローチを拒まれるたびに、彼の話を中断させるたびに、あんたのことなど何とも思っていないと言ったこと。あたしが情交なんかをほんのちょっと拒んだだけで、背を向け、ほかの女を求めたこと。彼があたしよりも安定した相手を求めることに傷ついて過剰反応したこと。痛みがさらに痛みを増大させたこと。彼があたしをこの上なく愛していて、あたしはただ単に金銭のために彼にしがみついているという二人共有の幻想が、あたしが彼に多くのこと、特に感情的なものを望まないがゆえに、彼があたしと何年間も一緒にいたのだという現実を隠していたこと。このようにして、幻想は現実を照らし出す。「現実」とはただの隠れた幻想、父親の愛に対する渇望を明らかにする幻想だ。あたしはかぎりなく彼を必要としている。あたしは、自分のあらゆる忌むべき性格を説明してみせた。怒りっぽい性格、支配的性格、社会的野心、あたしのプライド。

その頃には、あたしたちは二人とも泣いていた。そこへあたしの友人のオカマがアパートに入って来たので追っ払ったが、泣いているのを見られてしまった。続いてジョニーは、初めのうちは魅力的に映ったあたしの性格も、今や不快だとぬかしやがった。あたしが口うるさく厚かましいユダヤ女だというようなこともほざいた。おまえはぼくに頼りきっていて、頼られている方は気も狂わんばかりだ。さらに悪いことには、おまえという人間は助けが必要なくせに、だれかにそれを求める術を知らない。だからおまえはいつもぼくを押さえつけ、責め立てるんだ。おまえはマッチョすぎるんだ（この形容は気に入った）。

あたしは、これらの文句を片っ端から心の中で反復してみた。自分が醜いのは承知していた。自分は馬のようだというイメージを描いていた。『罪と罰』に出てくる、皮膚の一部が破れてそこから赤い筋肉が剝き出しになった馬。太い棒を手にした男たちが、馬を打ちつけつづける。

ジョニーはあたしを自分の母親と見なし、母親に対して抱いていた敵意を、今はあたしに対して持ってるんだなんて言うじゃない。これはキタんで徹底的に脅かしてやると、やつは今にも逃げ出さんばかりになった。

「そうよ。洗いざらいブチまけるのはいいことだわよ」と言ってやった。

ムチ打ちで自己喪失。ジョニーがあたしを憎んでいるのは、もはや明らかだった。あたしはそれでも気を落ち着けて、大人気ない振る舞いは慎もうと努めていた。持病のせいで高熱を出し、三十九度までは上がったと思う。卵巣の痛みもひどくなった。

こういった一連の出来事を、自分はむしろ楽しんでいるのではないかという考えが、チラリとあたしの脳裏をかすめた。あたしはマゾキストだった。そのせいで状況を悪化させていたのだろうか。

ジョニーに、心から愛していると告げた。ここに至ってあたしは、彼が一人になる必要があるのだということ、そして、彼が欲するものを彼自身で見極める必要があるのだということがわかった。二十四時間もすれば、あたしはアメリカへ行くだろう。二度と再び彼に会ったり話したりしないつもりだ。彼があたしにそうしたいと言ってこないかぎりは。

父親 出かけなくちゃ。しばらくしたら戻るよ。(バーでサリーと会う約束をしている)

ムチ打ち、世界がその本質において、我を憎むかの如し。

その朝方、陽が昇る二、三時間前、この世界のすべてが眠りについている時刻に、ジョニーは家に帰って来て(家ってなにさ)、サリーと飲んでいたとジェイニーに言う。外は真っ暗だった。ジェイニーは父親のベッドのそばの汚れた床に横たわっていたのだが、非常に寝心地が悪かった。その上、この二晩というもの眠っていない。そこで、あたしのベッドに来るかと聞いてみた。

彼女の部屋の植物は、その奇妙な美しい影をまた別の影に落としていた。小綺麗で夢のような部屋だった。この感染のせいでオマンコが稼働できないほど激しく痛むので、彼は肛門にネジ込んだ。実はそこもひどく痛むと言わないでおいたのは、痛みを忘れるほどにヤリまくりたかったからだ。

数時間後二人は一緒に起き出して、今日が二人の最後の日だから、丸一日一緒に過ごすことにした。ジョニーの仕事が引けたら、彼が働いているホテルで落ち合うことになった。

二人はレバノン・レストランで生魚のサラダ（セビチェ）を食べ、北中国風カフェでお茶を飲んだ。二人は手を握っていた。サリーやマジな話題は一切避けた。

ジョニーは後で家に戻ると言い、彼女と別れた。

ムチ打ちの理由――魂の激しい苦悩は魂を腐敗させる。

父親 やたらと事を荒立てるもんじゃないよ。おまえが騒ぎ立てなけりゃ、こんなことにはならなかったんだ。

ジェイニー （必死で考える。ゆっくりと）それは前にも言ったじゃない。そうは思わない。あんたがこういう状況を作り上げたのよ。（考えていることは直接には言わないでおく。つまり、彼がサリーを愛している振りを見せるので、怒りから、二人の仲がブチ壊しになるようにまず自分との関係を終わりにしようと切り出そうとしている

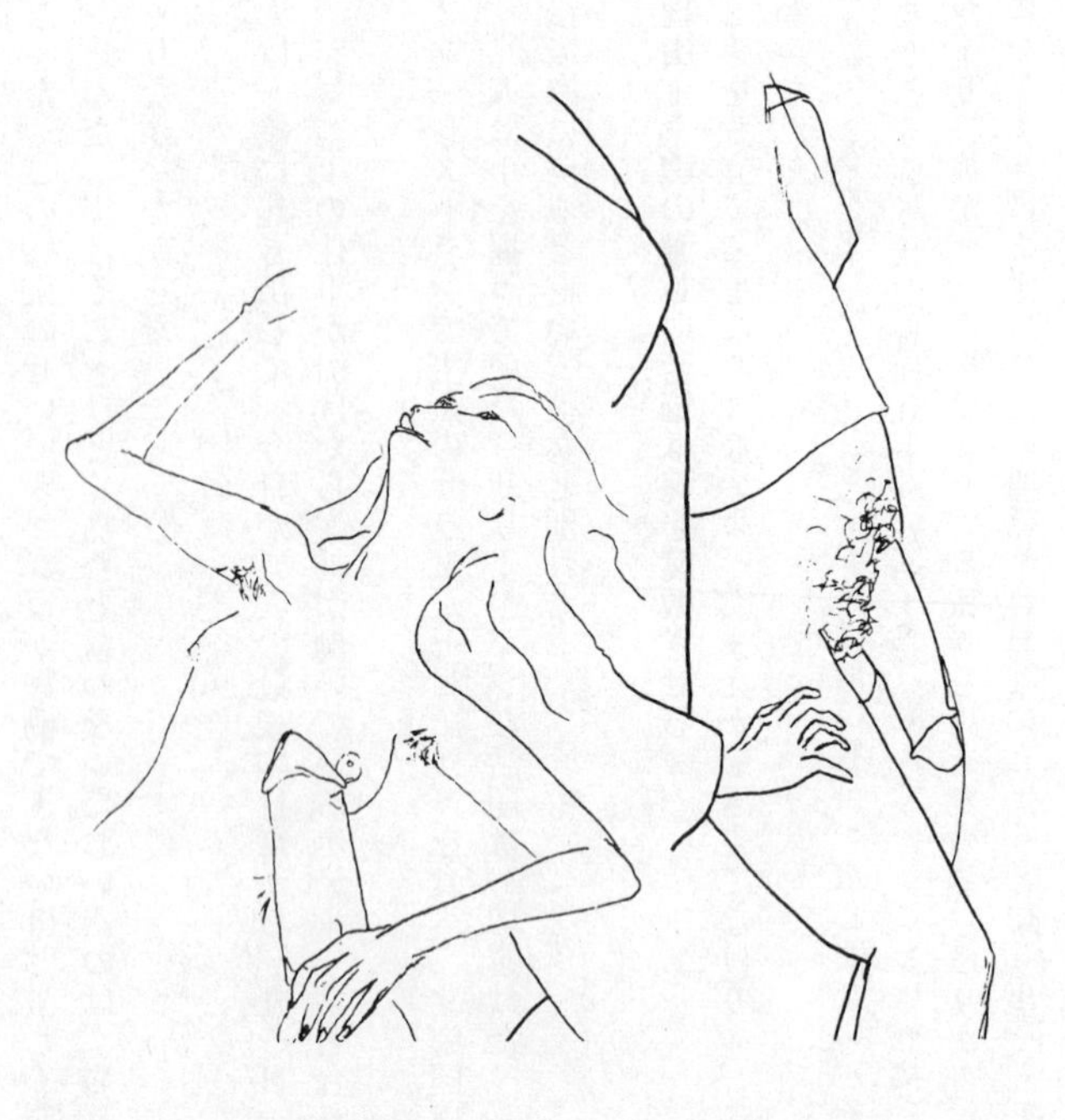

痛みを忘れるほどにヤリまくりたかったから

ことは）あんたはあたしがどういう具合に反応するか、よく御存知ですもんね。こういう状況をでっち上げて、あたしがこういう出方をするように仕向けたのよ。こうなって欲しかったのよ。

父親（まるで何か新発見でもしたかのように、ゆっくりと）当たってるよなあ。

数時間後二人は一緒に起き出して、今日が二人の最後の日だから、丸一日一緒に過ごすことにした。ジョニーの仕事が引けたら、彼が働いているホテルで落ち合うことになった。

二人はレバノン・レストランで生魚のサラダ（セビチェ）を食べ、北中国風カフェでお茶を飲んだ。二人は手を握っていた。サリーやマジな話題は一切避けた。

ジョニーは後で家に戻ると言い、彼女と別れた。

我、我に非ず——

ジェイニー（タロット・カードを手にしてベッドの上にすわり）運勢占ってあげようか。

父親　うん。（ジョニーの運勢。過去に不運な時期を体験したが、現在すべては好転。未来には女性との親密な友情あるいは結婚か？　結論——輝かしい人生）おまえのそのサイキックなところは不気味だよ。

ジェイニー　どうしようもないわ。自分でも持てあましてるんだから。

父親　おまえ、あの晩あの娘の姿を夢に見たらしいけど——まだ会ってもいなかったじゃないか。

ジェイニー　あの晩の彼女の服装も説明したわよ。何か白っぽいものの上に、黒いジャケット。（考える）

父親　ぼくがおまえと別れることになるだろうとも言っただろう。実際ぼくがそういう考えを持つ前に。

ジェイニー　そんなことは引き起こしたかなかったわよッ。ああヤだ。そういったことが頭の中にスッと入ってきて、それを言ってるだけなのよ。わかんないの？

父親　まったく怖いよ。

数時間後二人は一緒に起き出して、今日が二人の最後の日だから、丸一日一緒に過ごすことにした。ジョニーの仕事が引けたら、彼が働いているホテルで落ち合うことになった。

二人はレバノン・レストランで生魚のサラダ（セビチェ）を食べ、北中国風カフェでお茶を飲んだ。二人は手を握っていた。サリーやマジな話題は一切避けた。

ジョニーは後で家に戻ると言い、彼女と別れた。

小さい音だが、音が……顔に暗い穴を開ける

ジェイニー　さあ、今度はあたしの運勢占っちゃう。（こちらはまったく悲惨な運勢と出る。後にも先にも死と破壊。彼女の熱は高くなる。アメリカで死ぬことになるのだろうか）

父親　何か気になることでも？

ジェイニー　まあね。

父親　ぼくもだよ。このカードは薄気味悪い。

数時間後二人は一緒に起き出して、今日が二人の最後の日だから、丸一日一緒に過ごすことにした。ジョニーの仕事が引けたら、彼が働いているホテルで落ち合うことになった。

二人はレバノン・レストランで生魚のサラダ（セビチェ）を食べ、北中国風カフェでお茶を飲んだ。二人は手を握っていた。サリーやマジな話題は一切避けた。

ジョニーは後で家に戻ると言い、彼女と別れた。

猛り狂い、セクシュアリティを強化しろ。囚人どもが暴れまくる時だ。おまえたちは我らの死の不吉な告知者。（フン族の王、アッティラの若駒たち。おお、我らを死に追いやる告知者どもよ）

ジョニーとジェイニーは一緒に横になったが、ここ数晩のように触れ合わなかった。

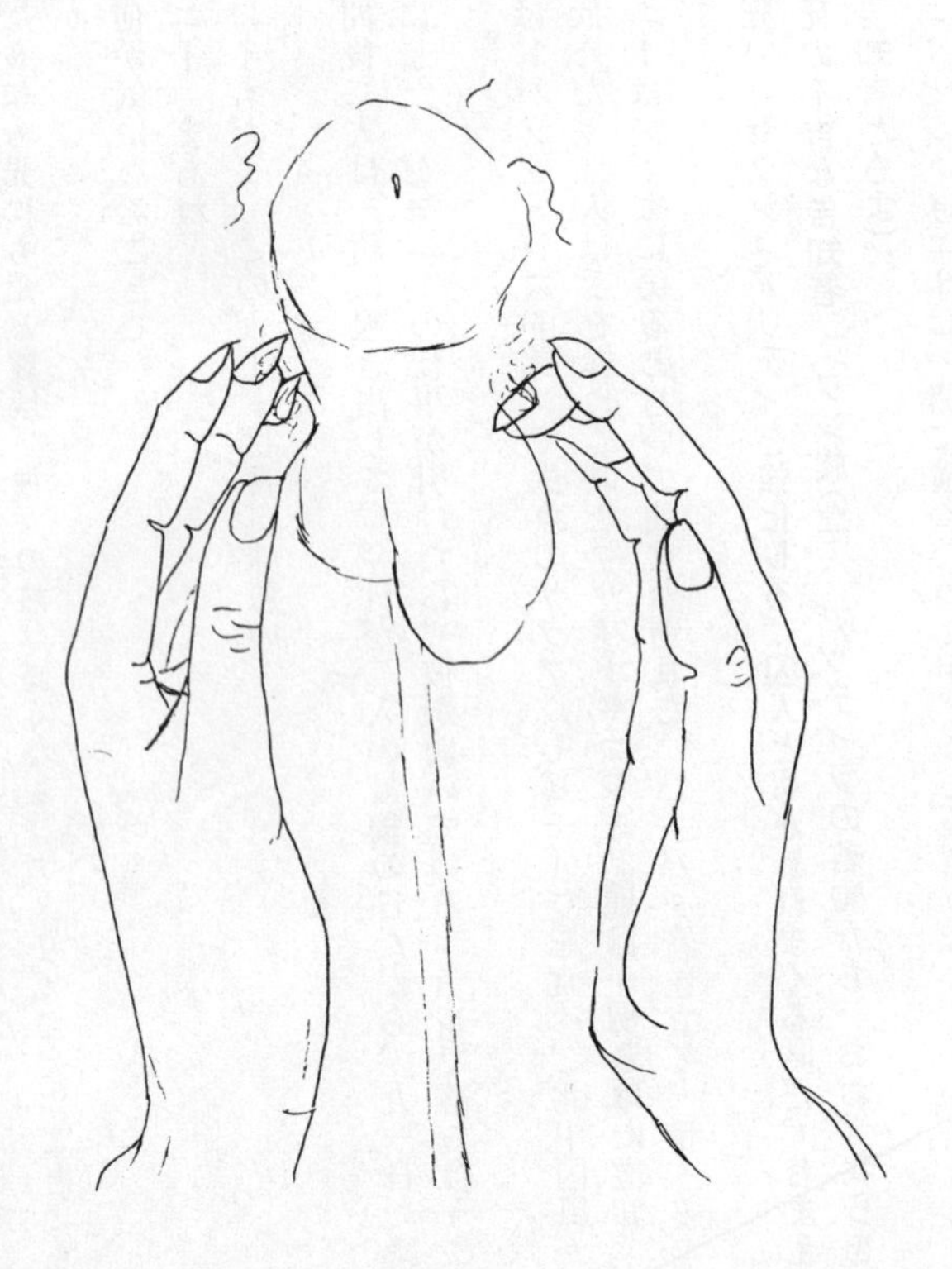

おまえたちは私の死の不吉な告知者。

ジェイニーは落ち着かず、起き上がってキッチンへ行き、腰かけた。ジョニーは目を覚ましたまま横になっていた。ジェイニーはベッドに戻り、二人は触れ合わずに横たわっていた。

数時間後二人は一緒に起き出して、今日が二人の最後の日だから、丸一日一緒に過ごすことにした。ジョニーの仕事が引けたら、彼が働いているホテルで落ち合うことになった。

二人はレバノン・レストランで生魚のサラダ（セビチェ）を食べ、北中国風カフェでお茶を飲んだ。二人は手を握っていた。サリーやマジな話題は一切避けた。

ジョニーは後で家に戻ると言い、彼女と別れた。

告知。（我らの）裡なるキリストたちの深遠なる廃墟。運命が呪う厚い信仰。この鞭打ちは、オーブンの扉の奥のパンの如きおぞましいパチパチ音を立て、我らを焼き尽くす。

ジェイニー　時々思うんだけど、あたしたちって星回りの悪い恋人同士なのかもね。（この考えを進め、説明し）お互い、タイミングの悪いときにアプローチしちゃうのよ。（心の中で、映画『ギルダ』を思い浮かべる）

父親（静かに、悲しげに）占うには時期が悪いってだけさ。

ジェイニー　そうね。
父親　ジェイニー、愛してる。（彼女を抱いて）二度と会えないなんてことないよね。
ジェイニー　（彼の腕を撫でながら）アメリカに行っても大丈夫よ。恋しくなったら手紙書いてね、あたし……（それ以上言うのはやめる。いつもしゃべり過ぎる傾向があると自戒する）もう行かなくちゃ。
父親　気をつけるんだよ。
ジェイニー　ん。（アメリカで死ぬかも知れないとは口に出さない）

数時間後二人は一緒に起き出して、今日が二人の最後の日だから、丸一日一緒に過ごすことにした。ジョニーの仕事が引けたら、彼が働いているホテルで落ち合うことになった。

二人はレバノン・レストランで生魚のサラダ（セビチェ）を食べ、北中国風カフェでお茶を飲んだ。二人は手を握っていた。サリーやマジな話題は一切避けた。

ジョニーは後で家に戻ると言い、彼女と別れた。

アメリカからジェイニーは、メリダにいるジョニーに、家に帰ってもいいかどうか電話した。二人の会話。

父親　サリーとはしっくりいかなくてね。友だちでいることに決めたよ。

ジェイニー　またあたしと一緒に暮らす気、ある？
父親　今は答えられない。この感情的距離をヒジョーに楽しんでるんだ。
ジェイニー　詮索するつもりじゃなかったのよ、ごめんなさい。確かめたいだけ。
父親　何をだい、ジェイニー。
ジェイニー　つまり……えっと、あなたどうしてる？
父親　とても静かに暮らしてるよ。ほとんどは家にいて、テレビを見てる。ともかく今は一人でいる必要がヒジョーにあるんだ。
ジェイニー　またあたしと暮らす気になるかどうか、いつになったらわかりそう？
父親　もう、ジェイニー。そう迫らないでおくれよ。いろいろと複雑になってしまっている。ぼくたちのあいだの何もかもが混乱しすぎてて、一緒に暮らすのはむずかしいんだ。
ジェイニー　わかったわ。イヤって意味よね。
父親　おまえを拒絶しろっていうのか。
ジェイニー　ちがうってばもうしょーがねーな。今はっきり決めないでよ。
父親　今どこにいるの？
ジェイニー　ニューヨークだけど、まだ定まってない。落ち着く場所が決まったら知らせるから。もう、電話切るよ。
父親　体の調子はどう？

ジェイニー 大丈夫よ、大丈夫。聞いて。あたしに帰って欲しいのかそうじゃないのかおしえて。こんなのって耐えらんないじゃないよ。

父親 どうしても今はっきりさせたいのかい。

ジェイニー わるいけどね、ジョニー。あなたがこれをサリーとの青春ロマンスぐらいにしか思ってないことはわかってるし、あたしたちの仲は壊れかけてる。でもあたしにとっては本当に重大なことなのよ。愛していたのよ。

父親 (自分自身を疑いながらも) ぼくにとっても重大なことさ。

ジェイニー じゃあ、わかってくれてもいいじゃない。どれだけ待たなきゃいけないの。メリダを発ってから一週間経つのよ。あんたがこーしようかなァでもあーしようかなッてやってるあいだ、一ヵ月も一年も待たせるつもり?

父親 ジェイニー、ぼくは一人でいる必要があるんだ。この上まだいろいろ言わせようとするなら、完璧におまえを拒むことになるだけだ。

ジェイニー いやな予感がする。あんたが何度も何度もあたしを抱いて愛してるって言ってくれるのを空想するか——空想していいものかどうかわからないけど。だって、もしそれが本当じゃないんなら……もしくは、あなたを忘れ去ってしまうべきなのよ。ジョニーなんて存在しないんだって。

父親 どうしておまえってヤツはそんな風に考えちゃうの?

ジェイニー あたし自身のために、新しい人生を築かなければ! 生きなければ。愛してくれない相手のことばっかり考えちゃいらんないわ。

父親　どう言ったらいいのかわからん。

ジェイニー　どう考えたらいいのかわからん。いやな予感に撹乱（かくらん）されどおしで、止められないッ。

父親　落ち着きたまえ。

ジェイニー　どうしたらいいかしら。アラごめんなさい。あなたには関わりのないことよね。じゃあ、電話切るわ。

父親　（懇願するように）頼むよ。事を荒立てるのはよそう。おまえは実際よりも悪い方向に物事を仕向けているんだよ。

ジェイニー　どういうふうによ。

父親　どういうふうにだって？

そして男——

心細くなったジェイニーはどうしても優しい声が聞きたくなり、再びジョニーに電話した。

（長い沈黙のあと）

父親　（誠意を込めて）やあ、元気かい？

ジェイニー　（優しい声が聞きたくて）ちょっと挨拶したかっただけ。

父親　どこにいるの？

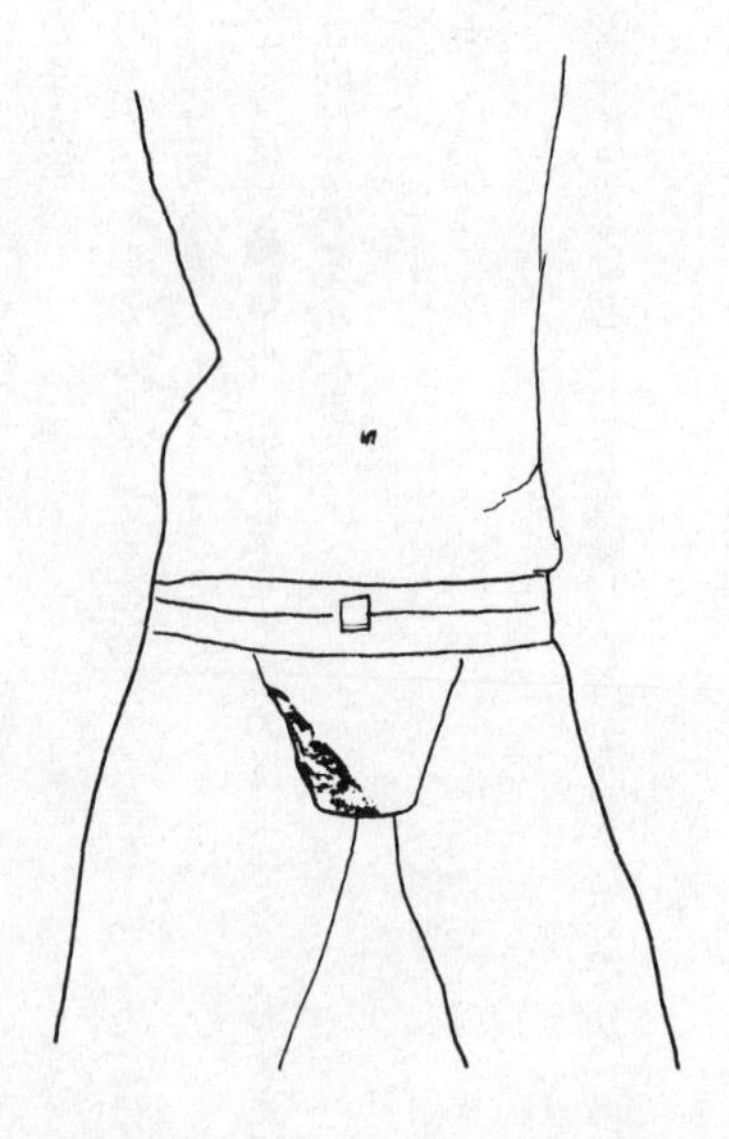

そして男——

ジェイニー　まだニューヨーク。落ち着く先は決まってないの。
父親　一人の生活って、実に実に楽しいもんだね。今までよりずっとずっとハッピーだ。
ジェイニー　そう。（無感覚でいたい）よかったわね。だれと会ってるの。
父親　別にだれとも。とても静かに暮らしてるんだ。ここに九月末までいて、それから予定を立てることにしてる。（「ボクちゃんを威嚇するおまえなんかボクちゃんのプランに入ってない」と口に出してしまいたい。が、彼女を傷つけることに対しては罪悪感を持っている）今はこれ以上何も言えないよ。
ジェイニー　（軽い会話を続けたいが、機械的にまた言ってしまう）あたしとは二度と暮らさないってこと？
父親　今はこのアパートのドアを開けて自分だけの部屋に入って行きたいって気分なんだ。ここには九月中ずっといて、それから身の振り方を考えるつもりでいる。ぼくをあてにしない方がいいと思うよ。
ジェイニー　そっか。そういうわけだ。
父親　「そういうわけ」って？
ジェイニー　おしまいね。
父親　わからない。
ジェイニー　わかんないの？　理解できない。まったく理解できない。
父親　ぼくはひとりでいるべきなんだ。

ジェイニー 了解。ほら、あんたは一人よ。一人でいることを止めてやしないわよ。このとおりアメリカへ去ったじゃない。あんたが「消えうせろ」って言うから、見も知らぬ土地へ去ってあげたじゃない。いったいあたしがどこまで遠くへ行ったら気が済むのよ。

父親 アメリカへ行く予定を立ててたのはおまえだろ。

ジェイニー あんなにひどく体がまいってたときに、アメリカなんかへ行きたいと思うはずないじゃない。

父親 ぼくのためにアメリカまで行くことはなかったのに。

ジェイニー へエエ、それは知らなかった。あんたが「出てけ」って言ったから出てったんじゃない。あんたの望みどおりにしてあげたいのよ。もう、こんなことどーでもいい。行かなきゃ。

父親 ぼくに二度と会いたくないってことかい?

ジェイニー おしまいだって言ったのはあんたじゃない。

仮に作者がここで恋愛に関する彼女の「教養」をこの恋愛中の人物に提供したとしても、この恋愛中の人物が抱いている諸々の無邪気な恋愛のイメージを投げ返されるのがオチだろう、自分に対する知的分析には無頓着に。自分に対する知的分析には無頓着に。

父親　ぼくはひとりでいるべきなんだ。

ジェイニー　わかったって。

父親　ひとりでいるべきなんだ。おまえもそうしたことがあるだろ。隠遁してるみたいな感じだ。

ジェイニー　だれも抗議なんかしてないでしょ。

希望を見出したかの如くに眼を見開く、ひとりでいるのは素晴らしいことだと思う。でも、あたしを愛しているかどうか、もうあなた自身定かじゃない。

父親　そうだね。ホントに重大だね。（まるでそれが重大だとは信じたくないかのように）

ジェイニー　ええ。重大よ。わかったわ（決心して、ため息）。どうしてもって言うなら、決心がつくまでいつまでも待つわ。

父親　逃げ出さなきゃならなかったんだ。罠（わな）にハマったような気持ちがした。

ジェイニー　もうハマってないわ。すべて思い通りになったじゃない。これ以上何も説明する必要なんかない。（まだ泣いている）決心がついたら、いつでも言ってよ。

父親　ジェイニー、金が要るようだったら言って寄こしなさい。

ジェイニー　どういうこと？

父親　金銭的な援助が必要なら、ぼくが力になるよ。

ジェイニー　（これで決心がついた。感情はどこかに吹き飛んだ）それはないよね。生き延びなければ。感情はどうすることもできない……でも、肉体的には生きていける。「金」ってどういうことよ、無遠慮で失礼だけどさ。生き延びなければ。

父親 どこにいるにしても、家賃はぼくに払わせてくれ。

ジェイニー なるほど。あたしはあんたを待ちつづけ、あんたは家賃を払いつづけるってわけか。送金を中止する場合は一ヵ月前に通知してよ。念のため。それでいい?

父親 いいかい、ジェイニー、体に気をつけるんだよ。

ジェイニー **それでいいかって聞いてんだよッ**。あんたにとっちゃあたしがいかにして生き延びるかなんて大した問題じゃないだろうけど、こっちにしてみりゃ深刻なことなんだから。

父親 (はぐらかして)できることは何でもするよ。

ジェイニー 強硬な態度で悪いんですけどね(自分でもいまいましい小娘だと思う)、どうやって生活してくか考えなきゃなんないのよ。大騒ぎしたくないけど、あたしまだ病気なの。(自分が死ぬと思っている)

電話で話す余地はまだわずかにある。

それは　　　**父親** (ジェイニーをもはや必要としていないという事実を相手に説
ゆっくりと　　明することに取り憑かれている。極力愛情を示すまいとしながら)
澱みのように　ぼくらの関係はこじれてしまった。何か変化が起こるとしたら、こ
始まる　　　　うして離れて暮らしているあいだにどうにか好転するはずだ。

ジェイニー　あたし、ここで待ってるって言ったじゃない。

父親　何度も考えてみたよ。結局ぼくたちは、いつだってお互いのことを思いやってはいなかったんだ。

ジェイニー　そうね。あたし、とてもわがままだったわ。

父親　おまえを嫌ってるわけじゃないんだ。楽しかったことを思いめぐらしている。

ジェイニー　それはオカシイわね。あたしたちはいつも、あんたが惚れてる側だって幻想を抱いてたけど、今度はそれがあたしに変わっちゃったってわけね。

父親　楽しかった想い出を思い浮かべてごらんよ。

ジェイニー　何ですって。今度はあたしに、過去に生きろっての？　そりゃあんまりよ。そりゃないわよ。ああ神様この苦しみに終わりはないのでしょうか。なんでもいたします、なんでも。だけどジーザス・クライスト！

父親　ほとんど希望はないんだよ。

ジェイニー　それがお告げってわけね、ジョニー。

父親　おまえに誤った印象を持ってもらいたくないんだ。

ジェイニー　あんたの言いたいことはハッキリわかった。（どなる）

エネルギーが
昂まって
くる

苦痛は

電話切るよ。

父親　会って話をしよう。電話じゃ無理だよ。

ジェイニー　こっちも同じ。

父親　家に帰って来た方がいいかも。

ジェイニー　帰ってほしい？　すぐ行くね。

ジェイニー　ちょっと知らせておこうと思って電話してるんだけど、体調が悪すぎてニューヨークから家までたどり着けそうにないの。体力を取り戻すまでここで何日か休んで、それからできるだけ早く家に帰ることにするね。ニューヨークってとこは、暮らすにゃほんとシンドイのなんのって。

眼が狂気の様相を帯び、堕落した存在となり果てるとき、溢れんばかりの恥、その希望の中に。

父親　ぼくのためってことだったら、帰って来なくてもいいんだよ、ジェイニー。

ジェイニー　帰ってほしいって言ったんじゃないの。

父親　おまえのためを思って言っただけさ。取り乱してると思ったんだ。

ジェイニー　ア、そう。じゃあ、すぐには帰らないわ。

父親　休暇を楽しみたまえ。

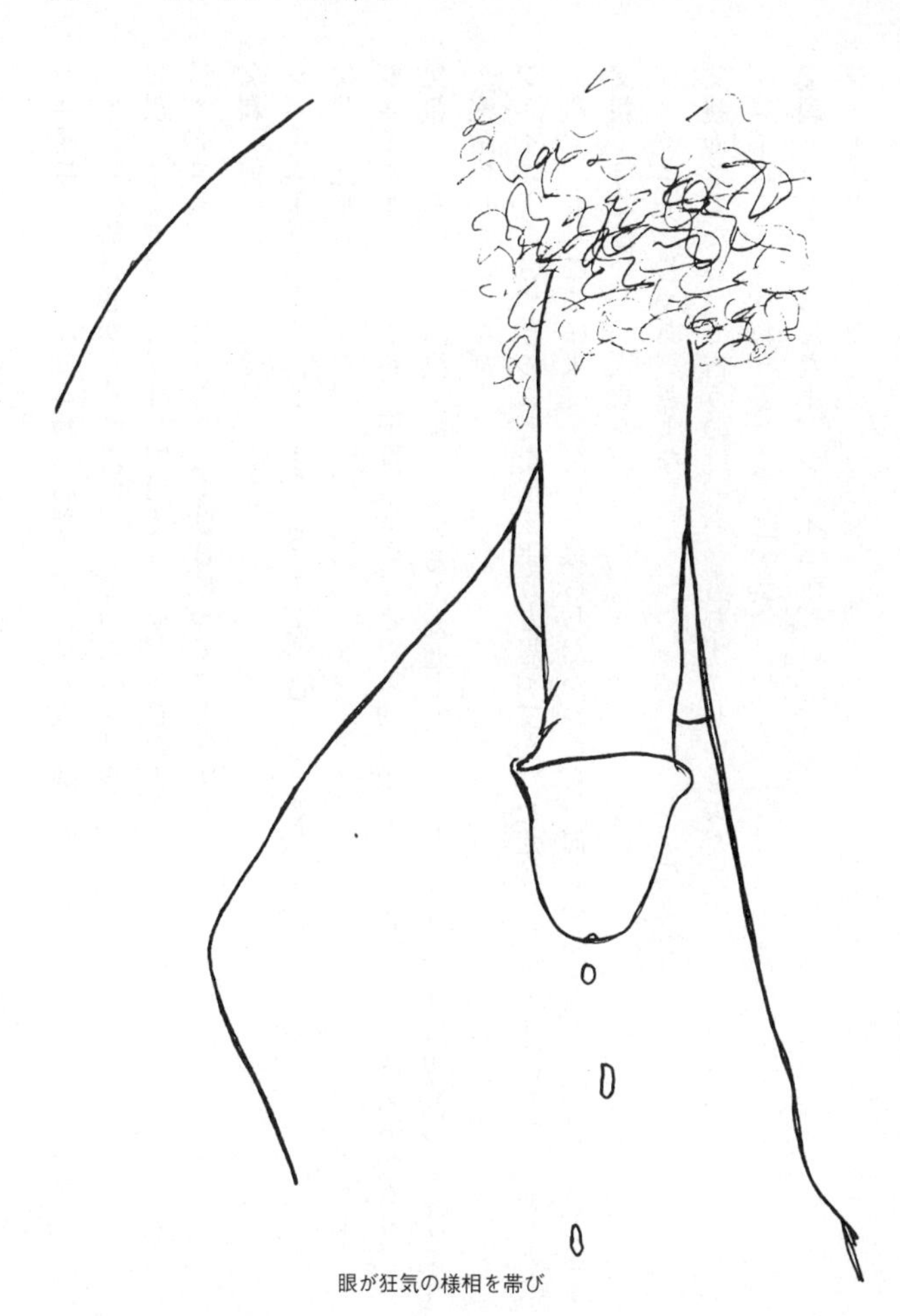

眼が狂気の様相を帯び

ジェイニー　楽しんでるわ。あたしアメリカ人は嫌いだけど、ここにはフランス人とドイツ人の旅行者がたくさんいて、どの人も素晴らしいの。（噂によれば）
父親　今までのこと、許しておくれ。ひどすぎたようだ。
ジェイニー　そうだ、あなたをUBHってことにするね。
父親　何なんだい、それ。（笑う）
ジェイニー　（笑う）U～んと、Bすいな、Hとでなし、よん。
父親　混乱してたんだ。
ジェイニー　それから、児童虐待のかどで多額の米ドルを支払うよう訴えるつもり。
父親　いろいろと陰謀を練っているんだね。（二人とも笑う）今回は短く切り上げよう。電話代がすごいんだよ。
ジェイニー　さっきのことを伝えようと思ってかけただけ。二度と電話しないわ。ところで、もしここに来てあたしと暮らしたかったら、何とかしてあたしが払うけど……
父親　ぼくは今、一人なんだ。
ジェイニー　じゃあ、さよなら。
父親　さよならって言うのは、いつもむずかしいものだネ。
ジェイニー　そうね。「さよなら」とだけ言って。
父親　気をつけるんだよ、ジェイニー。
ジェイニー　さよなら。

助けて
もう自分じゃない

スミス氏は、ジェイニーがメリダに戻って来るのを阻むため、彼女をニューヨークの学校に入れた。

サソリ団（ジェイニーの日記からの抜粋）

あたしは凶暴なガキの一味と付き合っていた。怖かった。その名は「**サソリ団**」。パパの愛は消えた。跡形もなく。

パパがあたしから奪い去った愛を探そうと必死だった。

連中は皆あたしと似たり寄ったりの自暴自棄。崩壊した家庭、貧困の産物。惨めさから逃れるためなら何でもやっていた。

学校の拘束をよそに、企みは必ず実行に移した。いい気分だった。飲酒、ドラッグ、ファック。とことん互いを性的に痛めつけ合った。スピード、感情的重圧、そして苦痛がたびたび脳を鈍らせ、知覚組織を攪乱した。

自分たちの置かれたこのどうしようもない状況を変えられないことはわかっていたから、自分自身を変えようと懸命になった。

あたしは自分を憎悪した。自分を痛めつけられることなら何でもやった。

初めてファックした相手がだれだったかおぼえていないが、避妊については何ひとつ知らなかったにちがいない。妊娠したからだ。中絶のときのことはおぼえている。百九十ドルかかった。

あたしは大きな白い部屋に入って行った。そこには十代の娘数人と四十代の女二、三人を含め、全部で五十人はいた。女たちは列を作って並んでいた。椅子にすわった女たちは居眠り。何人かはボーイフレンドに付き添われている。運のいい娘たちだと思った。ほとんどはひとりぼっち。あたしの列の女たちに、何枚もの同意書が配られた。それぞれの用紙の最後には、本人は医師が意思通りに処置する権利を認め、本人が死亡した場合でもそれは医師の過失に非ずと記されていた。あたしたちはもうとっくに男に身を任せてしまっていた。だからこんな所にいるんだ。全員、必要事項に残らずサインした。

それが済むと、やつらはあたしたちから金を取り上げた。

我が隊列は、薄緑色の部屋に案内された。白い大部屋ではまた別の五十人の女たちが用紙にサインしはじめ、盗んで、泣きついて、借金してかき集めた百九十ドルを渡していた。

オレンジ色の小部屋では、担当者が次のような説明を展開していた。卵巣から卵子が一つ落下した際、子宮と呼ばれるこの運河に男根が入ると、男根は何百万という（何個かおぼえていないが）精子を置いていく。この中のたったひとつの精子でも落下する卵子に出会ってしまうと、女性（あたしとあなた）は多くの問題に悩まされることになる。女性が使える避妊方法はさまざまあるが、どれも効力を発揮しないし、体に悪影響を及ぼす。

娘さん方よ、すべてはあんたたち次第。強くならなくちゃ。しっかりして。現代女性じゃないの。女性解放後の昨今だ。ほらほら、どうするつもり？　もう大人なんだから、自分の面倒くらい自分でみたら。だれも助けちゃくれない。自分だけが頼りなのよ。

だけどさ、どうしようもなかったのよね。ハメチン好きで好きでたまんないんだもん。彼、すっごいイケてた。その価値はあったんだ。

我々女のコは、口にこそ出さなくてもセックスの危険要素は承知していて、やがてはこの場所に至ることも知っていた。そしてこうやって仲良く集まっているのだった。中絶は至って簡単な処置だ。痛みはほとんどなく、あったにしても五分とはかからない。もしどうしてもというのなら、か弱い馬鹿なあなたですもの、眠らせてあげることもできる。

オレンジ色の壁は厚くできていて、手術室から盛んに溢れ出す叫喚を遮断していた。中絶手術を受けるということは、ファックされるのと何ら変わりはない。目を閉じて股を開けばただちに処置してもらえる。やつらはあたしたちの服を脱がせ、裸を被うために白いシーツをくれ、薄緑色の部屋に連れ戻した。男に世話してもらうのって、最高。あたしよりさらに若い、小柄なブロンドの娘を思い出す。おそらく初体験でこんなことになったのだろう。一言も口がきけずにいた。ローカルが欲しいのかどうかも。**ローカル**とは局所麻酔のことだ。ノボカインを満たした太い皮下注射器を肉唇に突き刺すのだが、肝心の痛いところはまったく麻痺しない。全身麻酔は五十ドル余計にかかり、体は合成モルヒネと自白薬で満たされる。あたしたちが全員で彼女を取り囲み、手を握り、足を撫でてやると、徐々に落ち着いてきた。ほかにすることはなかった。一人また一人と処置が終わるのを待つほかはなかった。最後にようやく彼女の番がまわって来た。彼女は信じやすい質(たち)だった。ローカルをすれば痛くないと言われて、信じた。やつらは初めにローカルを施した。

彼女が出て来たときの顔を、あたしは決して忘れない。まるでママのアソコからお出ましになったばかりの新生児よろしくビックリ仰天していた。顔面蒼白、両目を魚みたいに大きく見開いて。

「私、とんでもないことしたんだわ。やっちゃダメ。あの人たちの言うことなんか聞いちゃダメよ」

その言葉をさえぎって、連中は彼女を連れ去った。

あたしはあの薄緑色の部屋が好きになった。女たちはあたしよりもずっと恐れをなしていたから、慰めてあげたものだ。だれかがあたしを気にかけているという感覚。外の世界でよりも、そこではずっと安心していられた。あたしは永続的な中絶を望んだ。

やつらはあたしの足首と手首を黒い厚板に紐で縛り付けた。巨体で金髪の麻酔担当看護婦に、麻酔薬にひどい反応を示す可能性があるかどうかと尋ねると、そいつはもう一人の巨体で金髪の看護婦に、あたしのことを健康食品フリークだと言いやがった。それっきりあたしは何も訊かず、言われるがままに従った。

一時間後、大きな手に揺さぶられ、帰る時間だと告げられた。あたりには半死半生の女たちが横たわっていた。あたしの両脚のあいだからは血が流れていた。三人目の看護婦に生理用ナプキンを一枚とカップ半分のコーヒー、服、ペニシリン二十錠を渡され、出て行けと言われた。あのときの女たちに話す機会は二度となかった。

ペネロピー・モウラードはクラス一気味の悪い娘だった。皮膚は緑色で、馬鹿で、キスの仕方も知らないで、ヒョロヒョロで、白痴だった。顔面ときたらグチョングチョン、鼻水だらけでド近眼、おまけに髪の毛へドまみれ。

ミス・リチャード校はお嬢さん学校だったから、厄介事は表沙汰にしない方が賢明なのは我々も承知していた。何ヵ月ものあいだ、ペネロピーは日毎にふくらむ腹を抱えて、教室や廊下をうろついていた。どうしようもないバカだから、自分の身に起こっていることとさえ理解しかねていた。教師どもは、怖じ気づいているのか意地の悪いレズビアンなのか、とにかく当人におしえてやろうとはしなかった。あたしたちはあたしたちで彼女が苦しむのが面白かったから、知らんぷりしていた。

ある早朝、用務員のじいさんが、地下室のゴミ箱の底に血まみれの包みを見つけた。その日の午後、ペネロピーの腹はペシャンコになっていた。校長はスキャンダルを食い止めるのに奔走するハメになるのが嫌で、彼女を停学処分にはしなかった。

あたしはどの避妊法がいいのかわからなかった。アソコに舌で触れられるたび、泡とペッサリー・クリームはひどい味を提供した。舌でやってもらうのが好きなもんで。避妊リングのせいで出血し、再び骨盤炎症を頂戴した。ハーレムには、カウンターの下でフェラチオをしてやるとひと月おきにピルを持たせてくれる薬屋がいたが、二ヵ月に一回ではとても足りない。ファックした連中は全員揃ってコンドームの使用を拒否したから。

もしまた孕んじまったら、壊れたハンガーを己のマンコに突っ込んでやろうと決めた。赤ん坊が死んでくれるなら、自分も死んだってかまいはしない。そんな折、赤ん坊を殺すことに取り憑かれたある女の話を耳にした。実話だと思う。女は自分の両腕両脚、胴のまわりにアイロンを巻きつけ、三階から身を投げた。そして全身の骨という骨が折れたのに赤ん坊は死なず、女は担架の上で出産したという。

あたしは相変わらずヤリたくてたまらなかった。中絶すると、子宮の入口が押し広げられ精子が卵子にいとも簡単に到達してしまうので、性交するとまたマズイことになる。中絶はホルモンのシステムを狂わせる。補足的に卵子がどんどん送り出されてしまうのだ。中絶は子宮に大きな穴を開け、その穴に異物が接近すると、感染する。

あたしは、なにも我が人生の堕落した薄気味悪い部分ばかりを語ろうとしているんじゃない。中絶はこの世における性的関係の象徴、外面的イメージ。あたし自身の中絶体験を語ることが、その苦痛と恐怖を伝えられる唯一確実な方法……性愛に対する制止の利かない渇望のために身をもって知らされたことだ。

最初の中絶の二ヵ月後に、二回目の中絶をした。

月経吸引法だったので、五十ドルで済んだ。月経吸引法と中絶のちがいを述べると――

月経吸引法では医師は子宮頸部を張り広げない。胎児はまだ小さすぎる。

医師が胎児を確認するかどうか定かではないことから、月経吸引法は危険でしかも違法ということになる。

これを施す医師の多くは、医学博士の資格を持っていない。

オフィスに入るとすぐに、あたしは精神安定剤を飲まされた。

隊列は短かった。

あたしは実際に医者を見た。

やつはそこでただ一人の医者だった。

この医者は一日に三十二人から四十八人ほどの胎児を殺し、千六百ドルないし二千四百ドルは巻き上げていた。

やつはあたしの膣に手を突っ込んで、心配ないと言う。

あたしの腕に小さい針を突き刺して、親切ぶる。

二回目の中絶の一週間後、骨盤炎症で体の具合が悪くなった。苦情を訴えようと医者に電話したところ、それは当方の過失でないどころか、あんたの名前など聞いたこともないと言われた。

二度の中絶で自分が肉体的、精神的にボロボロになっていることにあたしは気づいていなかった。ヤリたくてヤリたくてたまらない。ヤリつづければやがては愛を感じることができるもの。ほどなく、あたしの下半身だけではなく全人格に火がついた。セックス抜きで愛に似たものを手に入れようと、あらゆることに手を出した。

サソリ団の連中も、あたしと似たり寄ったりに成長していった。

あたしたちは騒ぎを起こしはじめた。ある朝早く、盗んだ車でコネチカット州の街へ行き、工具店に押し入った。店の中のモノを一つ残らずドアの外に放り投げた。

憎んでるんじゃない。憎しみをお返ししなきゃならないのさ。このクソッたれ社会の愚鈍と戦うんだ。疎外されロボット化されたイメージ。奥様、クッキーでございます。狂気以外はすべてハネつける。

割れたガラスが床に散乱し、至る所にガムがひっつき、糞がテーブルの亀裂に擦りつけられ、レジは焼かれた電話帳よろしく黒焦げだ。

店をデスハウスに変え、通りを自分たちが住むニューヨークはイースト・サイドのスラム街そっくりに荒らしてやった。

目的を完遂するとすぐに、コネチカットの街をずらかった。

盗みもやった。

あたしとモンキーが一番手。メタンフェタミンで二人とも気分はハイ、ニューヨークの大型デパート、ブルーミングデールズに押し入った。

あたしは、父親とガールフレンドが行こうとしているのと同じ場所へ向かっていた。ジョニーと彼女は、あたしとはとんと関わり合いたくはない。

怪しまれないよう、あたしたちはブルーミングデールズにタクシーで乗りつけた。あたしは赤いウールのスーツの上に、薄茶のウールのコート。盗みをやるときは、ごく普通に見せることが肝心だ。

ジョニーとガールフレンドにタクシーの中に押し込まれ、その隅でじっとしていた。二人があたしと関わりたくないことは目に見えていた。ジョニーのロック・バンドの連中も車の中にいた。

モンキーとあたしはブルーミングデールズに着くなり、すぐさま別れ別れになった。自分の身なりをチェック。ダークな巻き毛に薄化粧、深紅のスーツのおかげで、あたしは上品で金持ちの娘に見えた。このままでいたいと願った。上品で金持ちでいるのは夢だから。自分の印象をチェック。慎重に、ゆっくり、落ち着くよう自分に言い聞かせる。

店に入ると、店内の空気をチェックした。だれもあたしをつけてはいない。

パパとあたしは、ラグーナ・ビーチ・ホテルの一階に立っている。ニクソンのお気に入りのホテルだ。眼前には、長方形の白い壁が広がっている。この白壁の一メートルほど右下に下り専用の階段、そこからさらに右に行くと、また大きな長方形の白壁がある。その幅の三分の一ぶんさらに右に行った所に、真っ暗な廊下がある。この白壁の上には何もない。その何もない場所の上にぶら下がっている白い長方形が部屋。壁、階段、ホールのまわりには何もない。

アメリカの東側では、建築物は建て込んでいる。

パパと離れて一人、ホテルの中を前に後ろに歩く。ホテルは今、巨大で透明な広場だ。廊下の一番奥の部屋へすべるように歩いて行く。

この部屋の後方の壁は、一面窓になっている。暗い窓を通して、青黒く光る海が見える。パパのバンドの連中には疎まれるし、パパはサリーと一緒。泳ぎに行きたい泳ぎに行かなくちゃ。夜とはいっても、海は鮮やかなグリーン。海はまばゆく輝いている。

窓は今、完璧に透明。それを通して男の体が見える。きらめくグリーンの水の中で回転している死体のよう。

あたしは毛皮のコートが欲しかった。

いくつかの小ホールが、長く黒い大ホールを取り囲んでいる。薄い白壁が、ほとんど存在感を示さずに、これらのホールを仕切っている。

三階のジュニア用品売り場で赤いセーターを買った。これで、これを見ていたやつらならあたしが万引きだとは決して思わないはずだ。

それから今度は、上の階の毛皮売り場へと続くエスカレーターに乗った。着ていた茶色のウールのコートをラックに掛け、次々と毛皮を試着する。盗みは贅沢。十分か十五分後、女性の店員がおつりを取りに小走りにホールを横切って行った。

当然のことながら、パパとサリーとバンドの連中が初めに部屋を割り当てられる。あたしのは、だれもが遠慮するようなひどい部屋だ。

あたしのベッドルームは、ホテル正面左端にある、大きな白い六角形のスペース。内も外も建築学的均整もあったもんじゃない。長く白いパイプが天井の一部に沿って延びている。六面のうちどれか二つの面は常に開くようになっている。

ベッドルームの機能としても怪しい。この部屋の家具といえば、床屋用の椅子が二脚と便器が一つあるだけ。これじゃまるで殿方用の集会所。

白と黒で身を固めた数人のホテルマンが入って来て、あたしをいたぶろうとする。あたしゃたちまち傷物。ホテルの責任者を呼んだら、このベッドルームはかつて男性用トイレだったと説明された。納得。

あたいのオマンコもかつては男性用トイレだったもんね。

あたしはヒョウのコートをまとって出て行く。

親愛なる夢よ、

大切なのはあなただけ。あなたは私の希望。私はあなたのために生き、あなたの中で生きる。あなたは生の存在、野性、色、香り、情熱、現れ出る事象の数々。あなたは私の生の証。私を一緒に連れてって。

夢は幻想世界をもたらし、我々の意識を解き放つ。

夢それ自体では愚鈍の覆いを破壊することはできない。

我々が自らを破壊させる夢は、我々自身を幻想に変えたり、我々に幻想世界を見せることとなる。

単調さ、ロボトミー、喧騒、人間に対する信頼、沈滞、イメージ、堆積物を切り捨てるために、日々鋭利な道具、つまりパワフルな破壊物が必要なのだ。我々が人間に対する過信を捨て、自分たちを犬や木だと認識するようになれば、幸福への道が開けてくるだろう。

我々はかつて幻想世界を垣間見た（慣習的な言葉がいかに曖昧なものか、用心した方がいい——WEまるでだれかが活動の中心であるかのようSEE活動の中心とは何だ——純粋なVISION。実際、VISIONがUSを創り出す。真実はあるのだろうか?）。我々はかつて幻想世界を垣間見た。幻想世界が我々であるとは定義しないようにしなければならない。それを超越して、もっとクレイジーにならなければ。

あたしは食料不足に喘いでいたので、ヒッピーの経営するベーカリーで働きはじめた。一九七七年だった。

金のために労働することは、アメリカン・ライフに偏在する事実だ。

料理したり物事を決めることは許されなかった。あたしの仕事は客にパンやクッキーを手渡し、金を受け取ることだった。野菜ジュースを作ったり、ビアリーをスライスしたり、トーフと野菜のスプレッドをパンのスライスのあいだに投げ込んだりもした。
あたしは労働する。だからあたしは何者でもない。客からいかに扱われようとも、あたしはお客サマが大好きで、お客サマにクッキーをお渡しすることがこの上ない幸せというフリをしなければならない――

（イースト・ヴィレッジの小さいベーカリーで）

デブ女　そのクッキーの材料は？
グズで愚かな店員　ココナッツオイルにサフラワーオイル、すべて手しぼり、小麦粉、麦芽、水、ゴマの実です。
デブ女　小麦粉は有機栽培なの？
グズで愚かな店員　当店で使っております材料は、すべて有機栽培です。
デブ女　麦芽って何？
（背後では十人の客がイライラ。一人の汚らしい子どもがクッキーに触っている）
グズで愚かな店員　（いつもどおり表情もなく）穀物から採ったものです。
デブ女　砂糖や蜂蜜は使っていないでしょうね。
グズで愚かな店員　使っていません。

（例のババッチイ子ども、メープルヘーゼルナッツクッキーを二つ鷲づかみにして走り去る）

デブ女 そこのクッキーには何が入ってるの？

グズで愚かな店員 サンフラワークランベリークッキーです。

デブ女 小麦粉は使ってるの？

（三十歳の男がビアリーを引っかきまわしている。店員がその方を振り向き、「申し訳ありませんが、少々お待ちください」と声をかける）

三十歳の男 このビアリーください。

グズで愚かな店員 こちらのお客様がすみましたら、すぐに。

デブ女 このクッキーに入ってるのは？（全員がこいっにムカッ腹を立てる）

グズで愚かな店員（サッと見まわして）メープルカラントオートフラワーです。（三十歳の男に）少々お待ちください。

三十歳の男（泣きながら）このベーカリーじゃ、いつだってだれもボクを相手にしてくれない。ここにすわって話ができた昔が懐かしい。みんながボクを大切にしてくれた。（激しくすすり泣きながら出て行く）

デブ女 それと、このクッキーは？ 慎重に選ばなくっちゃ。お医者から甘い物は止められてるの。

グズで愚かな店員 イナゴマメのファッジです。

デブ女　じゃあ、砂糖が入ってるってことだわね。（ピーナッツクッキーを一つつかみ取り、割り込んで）このクッキーいただきたいんだけど。

金持ちの娘　このクッキーいただきたいんだけど。

グズで愚かな店員（小銭を受け取り、つりを五セント渡し）四十セントです。ありがとうございました。（デブ女に）名前にメープルとついているクッキーには、麦芽とメープルシロップだけを使っています。

（職人がキッチンから出て来て店員に向かい、気合が入ってない、なんでこんなに大勢のお客さんを待たせてるんだ、ウチはおまえに働いてもらうために雇ったんだ、ほかの使用人はだれ一人こんなトラブルは起こさんぞ、となじる）

デブ女　それじゃ、あのクッキーは？

グズで愚かな店員　ピーナッツクッキーです。

デブ女　砂糖は入ってるの？

やせた若い女　ライスブレッドを十個、ビアリーを十個、いろんな種類のクッキーを三十個、野菜ジュース二つ、それに包装済のサンドイッチを二つちょうだい。すぐによ。

グズで愚かな店員　（デブ女に）お客様、クッキーお求めになりますか？

（五人の客がクッキーをつかみ取っているあいだに、六人目の客がクッキーを取ろうと五人の肩にのしかかる。クッキーの棚が全部崩れる）

デブ女　ちょっと。あそこのクッキーちょうだい。（死――落ちた棚が激突――体の下

敷きになったポピーシードクッキーを一個指す)

あたしは労働する。だからあたしは何者でもない。ベーカリーは繁盛している。ヒッピーは理想を抱き、良質のクッキーを安く売る。あたしが少しばかり考えに耽ったり、感情(それはたいてい憎悪だったが)がわいてくるのを注視してみたり、疲れた身体を休めようとすると、必ず客が入って来る。

それはまるで、彼があたしの眼前にそそり立ったかのようだった。マドリードの英雄、そして両親の苦悩の種だった、若さに溢れる野性的で情熱的な一人の男の話を読んだ。この男は暴力を用いて一人の尼僧を修道院からさらい出し、教会に恨まれ、君主の不興を買った。男は何事をも顧みず、欲望を追い、生き抜いた。知るために。虚無を知るために。それは幻想。男は我が君に仕えるためヨーロッパの自分の財産をすべて投げうってフランスと戦い、首に賞金をかけられたお尋ね者となった。男は、情熱、権力、戦争、追放、そして愛を体験した。男は帰還した王から感謝され、その賢明さを讃えられ、そして若妻の死によって悲しみのどん底に突き落とされた。

イギリス訛り(なま)のある二十六歳のパリ娘のヒッピーが、グズで愚かな店員と一緒にカウンターで働いていた。このヒッピーは、客の様子を観察することによって、自分の人生に何を成すべきか、どのようにクリエイティブになろうかということを発見するのに忙しく、仕事はそっちのけだった。「あなた、どうして皆に笑いかけるのよ」とグズで愚かな店員が本を一ページ必死で読もうとしているところへヒッピーが尋ねた。

「どうして笑っちゃいけないの？」

「あなた、だれもかれも好きってわけじゃないでしょ。本心に逆らってまでイイ顔してみせる必要なんかないじゃない」

「どうしたらいいのよ」

「自分の感じたままに振る舞うのよ。偽善者なんかになりたくないでしょう」

「あたし、何も感じないんだってば」グズで愚かな店員は、このタコヒッピーを殺したろうかという気になった。

「じゃあなおさらのこと、お客に笑いかけたりへつらったりしないことね」

「笑うことでお金もらってんのよ」

「ジェイニー、あなたかなり偽善的よ。男性中心に生きてるからだわ。あたしをご覧さいよ。その気もないのに笑ったり、無理して相手を助けたりなんかしない」

その時、シワだらけの中年男がベーカリーに入って来て、「小麦若葉のジュースを一杯」と注文する。

グズで愚かな店員　ハイ、ただいまお持ちします。（カウンターを小走りに移動して紙コップを取りに行き、今来た道を引き返し、手と膝を降ろして手前の冷蔵庫からジュースを取り出し、立ち上がって注ぎ、手と膝を降ろしてジュースを元の場所に戻し、また立ち上がる）お待たせしました。どうぞ。

シワだらけの中年男　このジュースを適量飲めば、この世のあらゆる病を克服することができるんですよね。ガンも治る。聖書には、ネブカドネザルが草を食して病を克服したとあります。

二十歳の淫売風ユダヤ人女性（グズで愚かな店員が小麦若葉のジュースを用意している最中、ベーカリーに入って来る。グズで愚かな店員のすぐそばに立って）あんた、何してんの。

グズで愚かな店員　何してるって、どういうことですか。

二十歳の淫売風ユダヤ人女性　ほかに何して稼いでんのさ。あんた、淫売？

グズで愚かな店員　いいえ、学校に通っています。

色あせた金髪のヒッピー娘　そのクッキーとそのクッキーとそれ二つとそれからそれは柔らかいかしら、それをもらうわ。それから丸パンを一つ。（グズで愚かな店員がパンを取ろうと棚によじ登っているところに）あなた、この仕事好き？

グズで愚かな店員　別にどうということはありません。

色あせた金髪のヒッピー娘　この仕事、つまらないの？　あなた、不満なの？

グズで愚かな店員　一日四時間クッキー渡してお金受け取ることに魅力を感じてるわけじゃありませんけど、別にいいんです。

色あせた金髪のヒッピー娘　このベーカリーにもっと興味をもって、奥へ行ってクッキーの作り方を習うとか、もっとお客と話をしたりするとかすれば、少しはこの仕事が好きになれるんじゃない？

グズで愚かな店員　ここでは、お客さんの応対をすることでお金もらってるんです。でなけりゃ時間がもったいないだけなんです。宿題もしなくちゃいけないし。

色あせた金髪のヒッピー娘　ああ、そうなの。ちゃんと自分のためにすることがあるのネ。（色あせた金髪のヒッピーがベーカリーを出て行くと、パリ娘のヒッピーが言う。「あなた、失礼じゃない」）

グズで愚かな店員　どうして？

パリ娘のヒッピー店員　わからないの？

グズで愚かな店員（パニックに陥って）わかんない。どうしてあたしが失礼なのよ。

パリ娘のヒッピー店員　あなたってひどい人。

グズで愚かな店員　ちょっと。一緒に働くんだったら、ほんの少しでもうまくやってかなきゃお互い身がもたないんじゃない。ワケもなく侮辱される覚えはないわ。

パリ娘のヒッピー店員　ゲームがわからない人ね、あなたって。（グズで愚かな店員から去る）

それからというもの、ベーカリーの連中は一人残らずあたしを避けた。あたしは疫病そのものとなり、まわりには大きな空っぽの円ができた。出勤日でカウンターに出て来る店員も、あたしを見るや奥の部屋に引き揚げた。

カウンターでの仕事はすべて一人でこなさなければならなくなった。父親はあたしへの仕送りを絶った。休日返上で働かなければ、とてもやっていけない。もう感情も失った。人間らしさも忘れた。一瞬でも働く手を休めると、たちまち憎悪が込み上げてくる。壁を突き破って憎む。こんなふうに噴出する憎悪は、まるで爆弾のようだ。

もはや夢も幻想も持たなくなってしまったことを憎んだ。幻想世界、情熱や野性の世界が存在しなくなったということではない。それはいつも在る。でも、目覚めているときあたしは夢とは切り離されていた。精神病的だった。

おもしろくもない学校を出ると、もう夜だった。ベーカリーの仕事に遅れていたので、走った。つまずいた。

「ヒヒヒ」背後でガキが数人クスクス笑いやがった。クソくらえ。

「あいつサソリ団にいたもんだから、イキがってやがるんだぜ」パープリンのチューインガム小僧が大声でほざいた。「今じゃ、しょうもねえやつらにしょうもねえクッキーをお渡ししてるってわけよ。あいつのマンコなんか、とっくにふさがっちまってらあ」

そのとおりさ。あたしは何とか遅れまいと走りつづけた。

「おい」

走りつづけた。

「おいったら」何かに肩をつかまれた。「こっち向けよ」一方の手で振り向かされ、もう一方の手で顎をグイと押し上げられる。灰色がかった中国人風の眼と長い鼻が見える。

暗くてほかには何も見えない。

「かまうなって。てめえのチンポコも使ったことのねえやつらなんだからよ。あんた、男どもとずいぶん派手にヤリまくってるらしいじゃねえか」

「昔のことよ。今はちがう。あんただれ」

「へへへ」それはあざ笑いのように聞こえた。「ハメチョンパする相手の名前なんか気にもかけなかったって噂だぜ」

「いったい何の用なのさ」

「あんたのまたぐらにチンポコ突っ込みてえってのよ」

「ざけんじゃねえよ」かつてのハードなサソリ団式の口調に戻ってるあたし。相手の片手が背中を上下に強く這うのを感じたら、股間が濡れてきた。

「ほしいんだろ。ほしいんだろ」耳元にピッタリ口をくっつけて囁く。「おまえがやりてえコトぐらいわかってんだ。家に帰ったら突きまわしてくれる男がいんのか？　おれよりうまくネジ込める男がいるってのか？」言葉は近く熱く迫って来る。「おれと帰ろうぜ」

「無理」

「なんで」

「仕事に行くのさ」

「この淫乱、なにほざいてやがんだ」「殴っちまえよ、トミー」「腹に一発くれてやれよ」

「おれのダチ、おまえさんのこと気に入ってるとさ」身体で押しながら耳元で囁く。「一緒に燃えようぜ」

「いい加減にしてよ。あんたとは帰れない。あたし、あんたが考えてるような女じゃないし。クビになって何もかもメチャメチャになっちまう。たかが一晩のチンポコマンコで人生棒に振るなんて真っ平さ」

昼が迫り、舌が侵入し、覆い尽くされる。巨大な昆虫みたいな両手が背中を走る。長い時間経ったと思うが、定かじゃない。

「どう？」

「ああ……」判断が鈍る。「このままあんたと帰ったら、友情はおしまいになっちまう」手であたしの口を自分の口元にもっていき、口で口を犯す。まるで噴水。互いの身体を押しつけ合う。

相手が頭を上げて言う。「あんた次第さ」

あたしは彼と一緒に家へ行き、彼以外はもう何もかもどうでもよくなった。愛はあたしを犯罪に引き戻した。トミーと二人で子どもたちを誘拐した。ビルの壁を汚しまくった。凶器を携帯して実際に使った。自分たちの判断力を鈍らせるためなら何でもやった。徹底的に暴力的な行動に出た。道路を糞まみれにした。割れたビンで見知らぬ人間に殴りかかった。硬いモノで頭を殴りつけた。通りがかりのやつらをしたたか蹴った。喧嘩や暴動に火をつけた。

この幸せをどうしよう。あたしは犯罪よりもセックスに夢中になった。ほんの少し触れられただけで身悶えした。指で乳首をつねられただけでイッてしまう。噴火寸前の火山みたいに、あたしは始終彼を求めていた……

あたしたちは、まだ何の感情も持たずにいた。しかし裡では……

セックスを乗り越えるのは至難の業さ。

両脚開く。両膝立てる。はまぐりパカッ。片手をクリちゃんの上に置く。

左脚立てて、右脚折り曲げそのまま寝かせ、左脚の下から左手差し入れ、中指、秘裂に奥までズッポリ。

両脚開いて腰浮かせ、中指薬指でVサイン。それでおまんこグイッと開マン。

トミーは**サソリ団**の一員で知能犯。

自分のプランの成功を信じ、実現させた。

プランの背後にある現実は見えなかった。

利口過ぎて自分のプランを信用できなかった。

暗闇で恐れおののく、地面はない、割れ目。
サソリ団の男どもは全員割れ目にハマる。
だからやつらは女を憎んだんだ。
やつらは犯罪に身を委ね、犯罪はやつらを愚かにしていた。

犯罪、夢、セックスの向こう側――崩壊

崩壊――割れ目の向こうの崩壊――の危機に晒される前のトミーとジェイニーの会話
――

トミー　永遠ってあると思う？
ジェイニー　永遠に続くもの？（考える）もちろん。なんでも永遠に続くわよ。
トミー　は？
ジェイニー　あんたが記憶を失ったときにだけ愛も消えて、別の人間になるの。
トミー　もう真実なんかない。信じられるものなんかありゃしない。
ジェイニー　バカタレ。あんたがそういった意見を持ってたり、そういうふうに判断するからじゃなくて、それに頼っちゃってるからじゃないのよ。
あんたのプランには実体がない。あんたは利口よ。何も見えないのね。
眼前に世界がある。金ではなく、疎外された行為の世界。だれもが自分の望むことを何でもできる。完全に自由だ。輝く日差しの中で。さまざまなことが一つまた一つと起こり……あたしは何を言ってるんだ金をつくらなきゃ。死の世界と握手しなければ。そして死の世界は人間を殺戮している……

一緒になれる地点にたどり着かなくては……

ジェイニー、あんたとはいられない。あんたがだれなのか知りたいとも思わない。

だけど一緒じゃなけりゃお互い生きていけない。これはロマンスじゃない。愛し合ってるあんたとあたしのことじゃない。

No

言葉よおまえにNO目下の急務金稼ぎ以外のすべてにnoあたしはひとりきりでこの部屋にすわっている無理やり本を開かせられるはずがない、

目的結果no燃え上がる巨大なNO

ただNOなのよそれだけ

トミーとあたしは一緒。

午前一時頃、ロック・クラブに入って行った。戦争の真っ只中のような騒ぎ。

コントーションズというロック・バンドがニュージャージーのレッドネック（赤ッ首）の町で演奏することになっていて、白人のリード・シンガーは自分をジェームス・ブラウンだと思っているらしかった。ほかのメンバーは泥酔しているから、赤ッ首野郎どもがブラウンを殴っても止められやしないだろう。

ジェームス・ブラウンは赤ん坊のように床を這いまわっていた。

赤ッ首どもは片隅でセンズリこきまくっていた。

ジェームス・ブラウンが赤ッ首のブーツを這い上がった。

赤ッ首は混乱し、ジェームスに飛びかかった。

クラブの中では全員が殴り合いを始めた。

オマワリのサイレンが聞こえた。

あたしは逃げた。

サソリ団の連中が後方にいる。

折り重なるように車に乗り込んだ。

グリーンとピンクのライトが閃光のように通り過ぎ、ネオンイエローとバイオレットのライトが輝く。

光はグングンまぶしさを増していく。

スピードを上げる。

「ちょっとォ」とサリー。「もっとスピード出して」

「なんだってェ？」

「オワマリが追っかけてくんのよ」

さらにスピードを上げる。

「もっと飛ばせないのォ？」

また一段とスピードを上げる。

オマワリの鳴らすサイレンがはっきりと聞こえる。

「オッパイ吸って」グリーソが体を乗り出し、運転を続けながらサリーの乳首を吸う。

「しっかり前見てよ、グリーソ」

オマワリのサイレンがけたたましく鳴る。

グリーソの足はアクセルを踏みっぱなし。

車はニューアークの真っ暗な一角を走っていた。

小さな赤い光が一つ、暗闇に現れた。

赤い光はどんどん大きくなっていった。

衝突の瞬間は覚えていない。あたしと脳を損傷したモンキー以外、全員死んだ。数日間、あたしは夢の中を漂った。

今あたしを取り巻いている絶望感は、認識されていないために歪んでしまっている欲望から派生している。あたしにはわかる。あたしには、世界が醜いものではないというフリはできない。圧倒的な恐怖が、あたしを取り囲んでいた欲望からこの身を隔てる。
今、圧倒的な恐怖は、あたしを死の世界の一部に変える。

彼女は死から逃走しはじめた……
ハイスクールを去り、イースト・ヴィレッジに住んだ……

ハイスクールの外で

春はどこから来たのでしょう、雪とつららのこの土地に

1 おそろしいモンスターとビーバー

昔あるところに……
大きな、みにくい、おそろしいモンスターがおりました。モンスターは、泉の下にで

きた長いつららの内側にある小屋に住んでおりました。土地はすっかり氷におおわれていました。空気は白くなりかけていました。空気はたちまち固まって、その固まりは空気になりました。

大きな、みにくいモンスターは、ビーバーといっしょに暮らしておりました。モンスターは、台所の低い天井に頭をこすりつけながら、ビーバーに食事をこしらえてあげました。そして食事をテーブルに運びました。それから二人は、二つの大きなロッキングチェアにこしかけ、大きな赤い丸テーブルをはさんで向かい合いました。二人は何も話しませんでした。

ビーバーは立ち上がると、小屋の二階にヨタヨタと歩いていきました。階段を上るとき、そのしっぽは「どしん、どしん」と音をたてました。おそろしいモンスターはひとり、プラスチックの皿から食べ残しをかき落とし、流しの水につけてぬらし、洗いました。それがおわると、深緑色のゴミ袋の口をしばり、外に持ち出しました。

雪は氷の上に降りかかり、また氷になりました。雪は氷の上に降りつもり、氷をおおいかくしてしまいました。かわいそうなおそろしいモンスターは何も見えませんでした。モンスターが泣きはじめると、涙がほっぺの上で氷になりました。どうしたらいいのかわかりませんでした。どうしたらいいのかわからないので、だんだんと不安になってきました。

どうしたらいいのかわからないということさえ忘れてしまいました。

ただそこに立ちすくんでいるだけでした。

モンスターは小屋の中に戻りました。

だれにも、雪のひらひらと星の区別がつきませんでした。

2　クマはどうやってモンスターとビーバーの家に押し入ろうとしたのでしょうか
クマは雪だらけになってやって来ました。大きな茶色のそのクマは、寒さにふるえ、おなかをすかし、つかれていました。一晩中、降りしきる雪の中を食べ物を求めてさまよい歩いていたのです。降る雪が氷をおおい、凍ったお魚をかくしてしまったのでした。降りしきる雪が、世界をおおいかくしてしまったのでした。ビーバーとモンスターの住む小屋が、クマの目に止まりました。

クマが前足を持ち上げて、その前足ほどの大きさのドアをノックしようとしたとき、雪がなだれのように地面に落ちました。

コン、コン、コン。

モンスターは、ちょうどベッドからゴソゴソと起き出したところで、まだコーヒーも飲んでいません。人が訪ねて来るには早すぎる時刻だったので、だれも戸口にいるはずはないのですが。

コン、コン、コン。

「何の用だや」とモンスターは不機嫌に言いましたが、コーヒーを探すのに忙しくて、返事に耳をかすひまもありません。

コン、コン、コン。「入れてくだちゃいな」とクマは、小さい女の子のような高い声で言いました。

「だあれが入れでやるもんけ。犯られるがもすんねえし、殺されるがもすんねえし、きのう近所の三人がら盗みをはだらいだ、盗人の一人がもすんねえもんな。おみゃーの正体なんぞ、とっくにバレでんぞ」

「あたちはどろぼうなんかじゃありまちぇん。あたちはゆうべ、森の中でまいごになっちゃった女の子。ママが死ぬほど心配ちてるはずだから、お電話ちたいの。まだ生きてるわってお知らせちたいの」

「この雪ん中で、一晩中いってえ何すてだのげ？」

「あたちのママと二十人の姉妹は、町の東側のひどいスラム街に住んでるの。ママは手足がなくて、姉妹のうち十人は全身麻痺。あとの十人、銀行やぶりで御用の身。本当はそんなことちなかったのに。だから、食べ物を集めることができるのはあたちだけなの。毎日あたちがお外で草を集めてきて、銀行やぶりの十人の姉妹がその草からスープをこちらえるの。

「お家のまわりには、草なんて一本も残っていないから、きのうはいつもより遠くまで出かけまちた。

「気がつくと、あたりはもう暗くなりはじめていたんでちゅ。

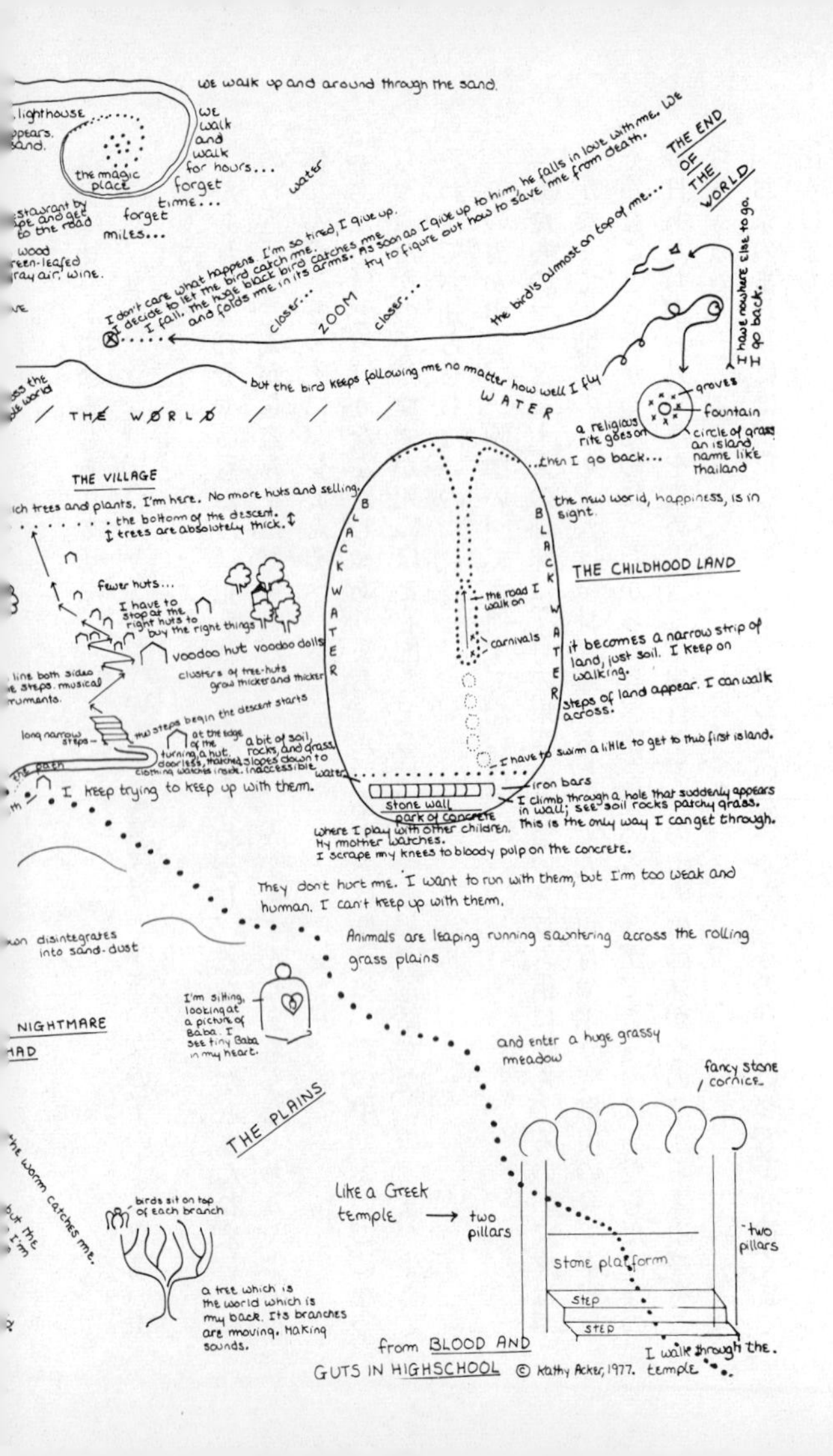

from BLOOD AND GUTS IN HIGHSCHOOL © Kathy Acker, 1977.

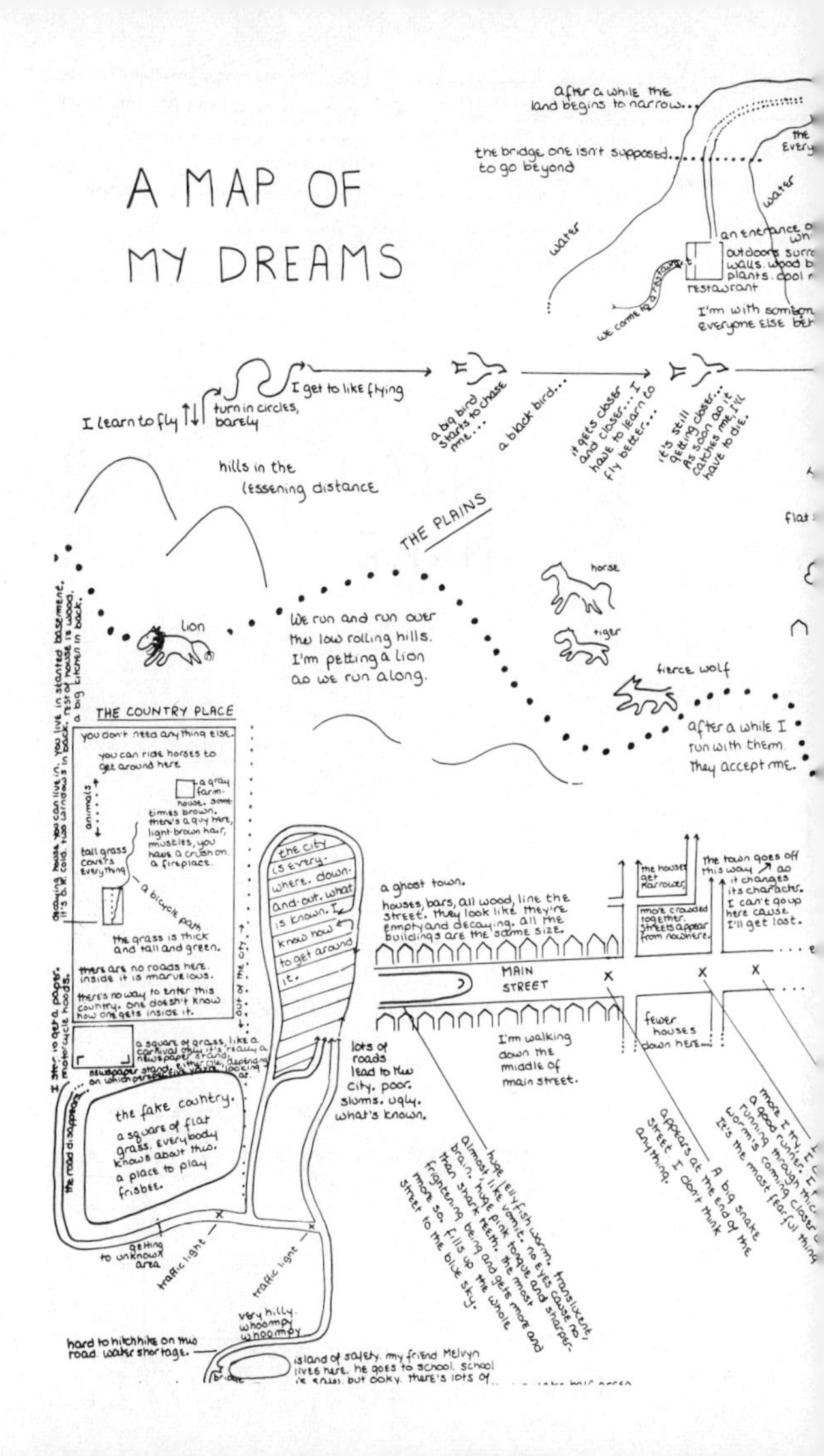

A MAP OF MY DREAMS
after a while the land begins to narrow...
the bridge one isn't supposed to go beyond
water
water
an entrance
outdoors
walls.
plants.
restaurant
we come to a restaurant
I'm with
Everyone else
I learn to fly
turn in circles, barely
I get to like flying
a big bird starts to chase me...
a black bird...
it gets closer and closer... I have to learn to fly better...
it's still getting closer... As soon as it catches me, I'll have to die.
hills in the lessening distance
THE PLAINS
flat
horse
tiger
lion
We run and run over the low rolling hills. I'm petting a lion as we run along.
fierce wolf
after a while I run with them. They accept me.
decaying house you can live in. you live in slanted basement. it's O.K. cold. two windows in back. rest of house is wood. a big kitchen in back.
THE COUNTRY PLACE
you don't need anything else.
you can ride horses to get around here
animals
a gray farm-house. sometimes brown. there's a guy here, light brown hair, muscles, you have a crush on. a fireplace.
tall grass covers everything
a bicycle path
the grass is thick and tall and green.
there are no roads here. inside it is marvelous.
there's no way to enter this country. one doesn't know how one gets inside it.
out of the city
I stop to get a paper. motorcycle hoods.
a square of grass, like a carnival only it's really a newspaper stand, either one, depending on which way you're looking at.
newspaper stand
the road disappears
the fake country.
a square of flat grass. everybody knows about this. a place to play frisbee.
getting to unknown area
traffic light
traffic light
the city is every-where. down-and-out. what is known. I know how to get around it.
lots of roads lead to the city. poor. slums. ugly. what's known.
very hilly. whoompy whoompy
hard to hitchhike on this road. water shortage.
bridge
island of safety. my friend Melvyn lives here. he goes to school. school is snow, but ooky. there's lots of
a ghost town.
houses, bars, all wood, line the street. they look like they're empty and decaying. all the buildings are the same size.
the houses get narrower
more crowded together. streets appear from nowhere.
The town goes off this way as it changes its characters. I can't go up here cause I'll get lost.
MAIN STREET
fewer houses down here....
I'm walking down the middle of main street.
huge jellyfish worm. translucent, almost like vomit. no eyes cause no brain. huge pink tongue and sharper than shark teeth. the most frightening being and gets more and more so. fills up the whole street to the blue sky.
A big snake appears at the end of the street. I don't think anything.
a good runner.
running through
worm's coming closer
It's the most fearful thing

a comes
on me
ne way; I
for his
d cock

God of Death God of changes
Take me. I have to be yours.
You with all the skulls around you you
that are only that outer circle of
skulls.

You God of the Underwater
Putting your golden necklace around my
neck
All the fishies swim around us plop plop
Little fishes leaping and splashing even
though there's no air to splash with.

You're the only thing I know which is my
own
The thing no one can take from me, no one
can make
Say or do or influence or change.
Therefore I'm yours.

When desperation comes, I don't think
about it
I don't give a shit
I hate everything

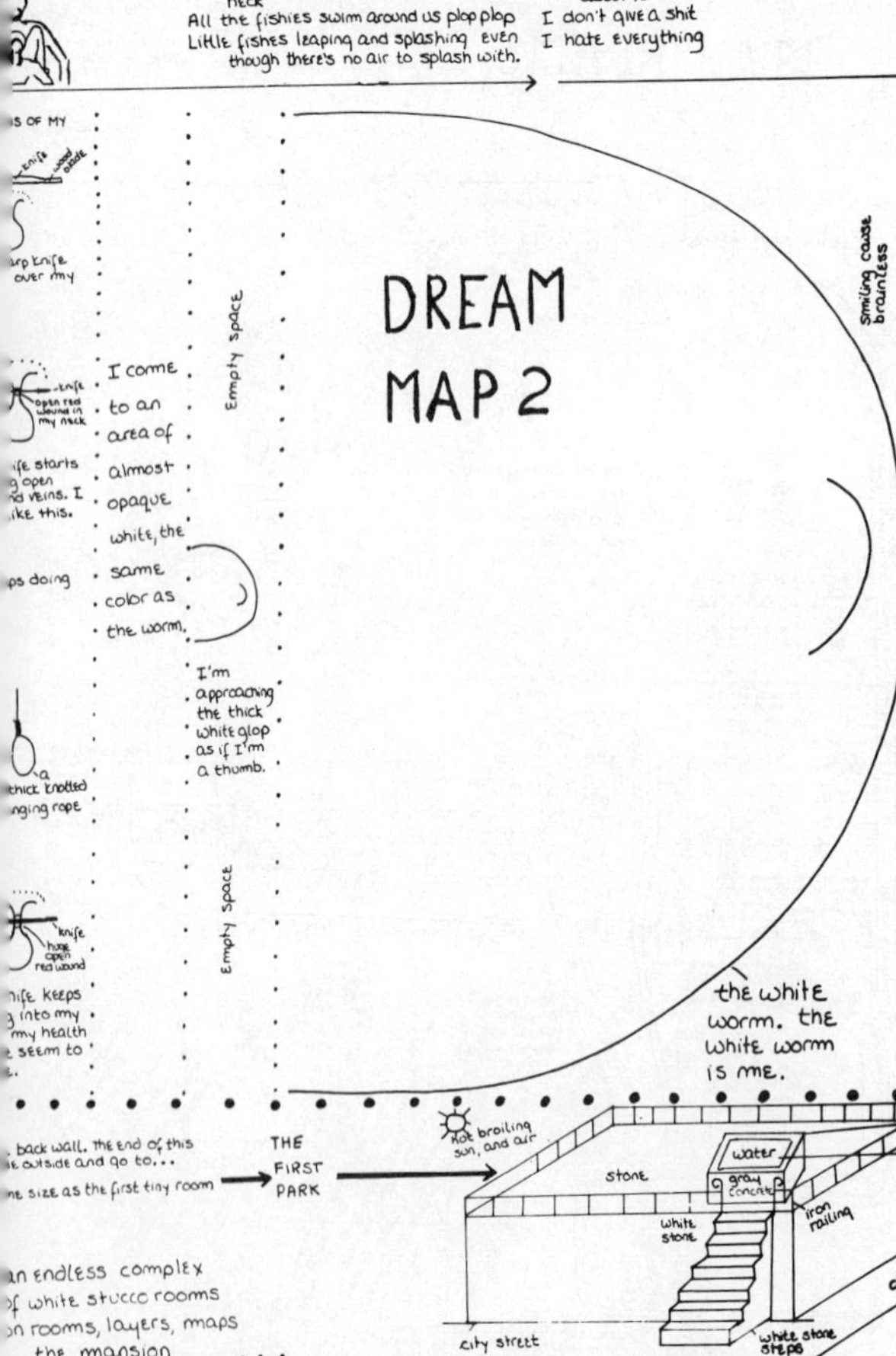

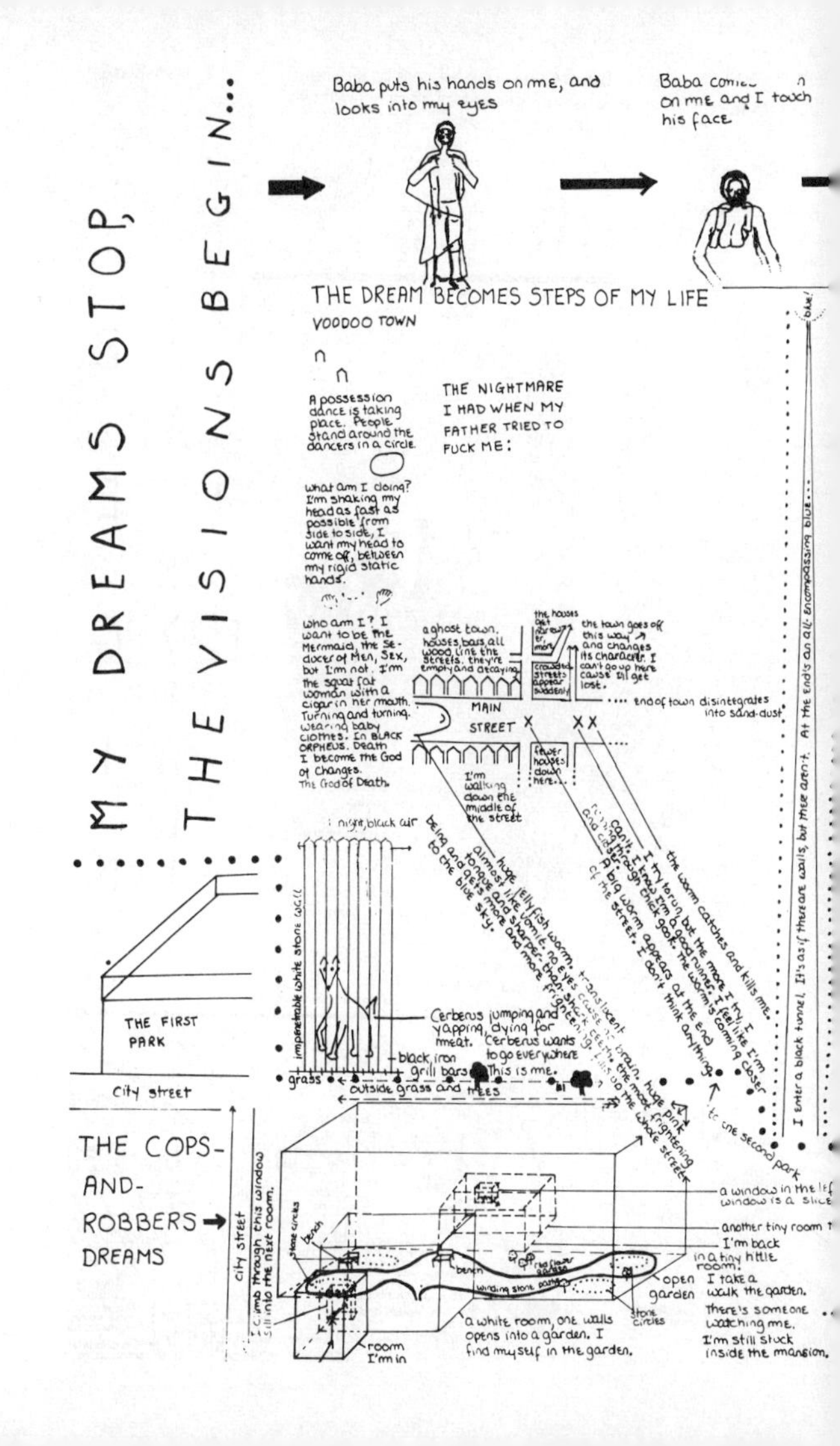

MY DREAMS STOP, THE VISIONS BEGIN...
Baba puts his hands on me, and looks into my eyes
Baba comes ... on me and I touch his face
THE DREAM BECOMES STEPS OF MY LIFE
VOODOO TOWN
A possession dance is taking place. People stand around the dancers in a circle.
THE NIGHTMARE I HAD WHEN MY FATHER TRIED TO FUCK ME:
What am I doing? I'm shaking my head as fast as possible from side to side, I want my head to come off, between my rigid static hands.
Who am I? I want to be the Mermaid, the Seducer of Men, Sex, but I'm not. I'm the squat fat woman with a cigar in her mouth. Turning and turning. Wearing baby clothes. In BLACK ORPHEUS. Death I become the God of Changes. The God of Death.
a ghost town. houses, bars, all wood line the streets. they're empty and decaying
the houses get narrower, more
crowded streets appear suddenly
the town goes off this way and changes its character. I can't go up here cause I'll get lost.
MAIN STREET
.... end of town disintegrates into sand-dust
fewer houses down here...
I'm walking down the middle of the street
night, black air
huge jellyfish worm. translucent
almost like vomit. no eyes cause no brain. huge pink
tongue and sharper-than-shark teeth. the most frightening
being and gets more and more frightening. fills up the whole street
to the blue sky.
A big worm appears at the end of the street. I don't think anything.
running through thick gook. The worm's coming closer and closer.
can't. I know I'm a good runner. I feel like I'm
I try to run, but the more I try, I
the worm catches and kills me.
I enter a black tunnel. It's as if there are walls, but there aren't. At the End's an all-encompassing blue...
blue!
impenetrable white stone wall
THE FIRST PARK
Cerberus jumping and yapping, dying for meat. Cerberus wants to go everywhere This is me.
black iron grill bars
grass
outside grass and trees
to the second park
City street
THE COPS-AND-ROBBERS DREAMS
city street
I climb through this window sill into the next room.
stone circles
bench
winding stone path
open garden
stone circles
a white room, one walls opens into a garden. I find myself in the garden.
room I'm in
a window in the
window is a slice
another tiny room
I'm back in a tiny little room.
I take a walk the garden.
There's someone watching me.
I'm still stuck inside the mansion.

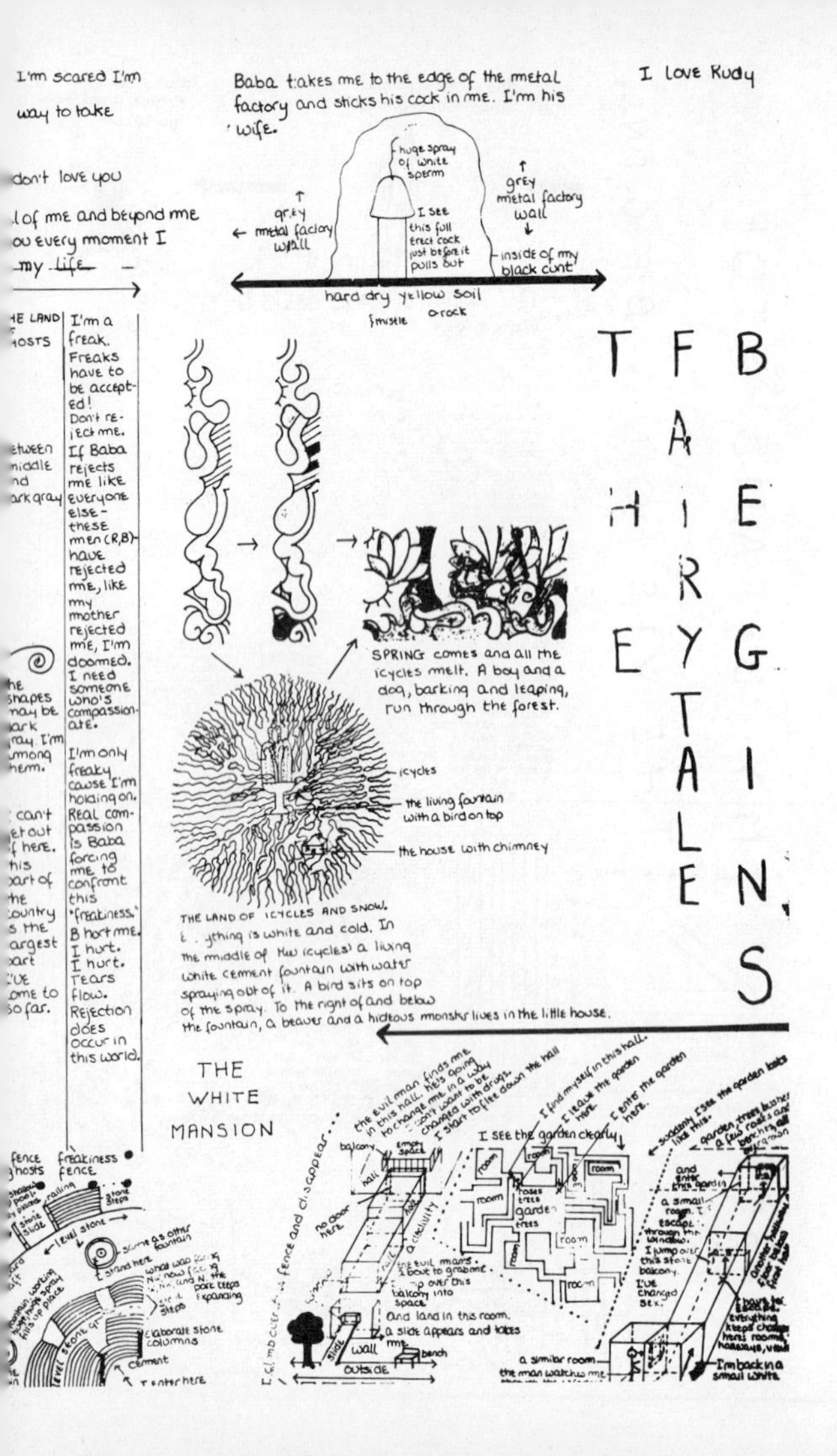
I'm scared I'm
way to take
don't love you
l of me and beyond me
ou every moment I
my life
Baba takes me to the edge of the metal factory and sticks his cock in me. I'm his wife.
I love Rudy
huge spray of white sperm
grey metal factory wall
grey metal factory wall
I see this full erect cock just before it pulls out
inside of my black cunt
hard dry yellow soil
rock
HE LAND OF HOSTS
I'm a freak. Freaks have to be accepted! Don't reject me. If Baba rejects me like everyone else - these men (R,B) have rejected me, like my mother rejected me, I'm doomed. I need someone who's compassionate. I'm only freaky cause I'm holding on. Real compassion is Baba forcing me to confront this "freakiness." B hurt me. I hurt. I hurt. Tears flow. Rejection does occur in this world.
etween middle nd ark gray
he shapes may be ark gray. I'm among hem.
can't et out f here. his part of the country s the argest part I've ome to so far.
SPRING comes and all the icycles melt. A boy and a dog, barking and leaping, run through the forest.
icycles
the living fountain with a bird on top
the house with chimney
THE LAND OF ICYCLES AND SNOW.
Everything is white and cold. In the middle of the icycles a living white cement fountain with water spraying out of it. A bird sits on top of the spray. To the right of and below the fountain, a beaver and a hideous monster lives in the little house.
THE FAIRY TALE
BEGINS,
THE WHITE MANSION
fence hosts
freakiness fence
railing
stone steps
level stone
same as other fountain
I stand here
elaborate stone columns
cement
I enter here
the evil man finds me in this hall. He's going to change me in a way I don't want to be changed with drugs. I start to flee down the hall
I find myself in this hall.
I leave the garden here.
I enter the garden here.
suddenly I see the garden looks like this.
garden trees bushes a few rocks and benches
I SEE the garden clearly
balcony
empty space
hall
no door here
the evil man's about to grab me.
I jump over this balcony into space
and land in this room.
a slide appears and takes me
wall
slide
bench
outside
room
roses trees
garden
trees
and enter the garden
a small room. I escape through the window.
I jump over this stone balcony.
I've changed sex.
a similar room
the man watches me
I'm back in a small white

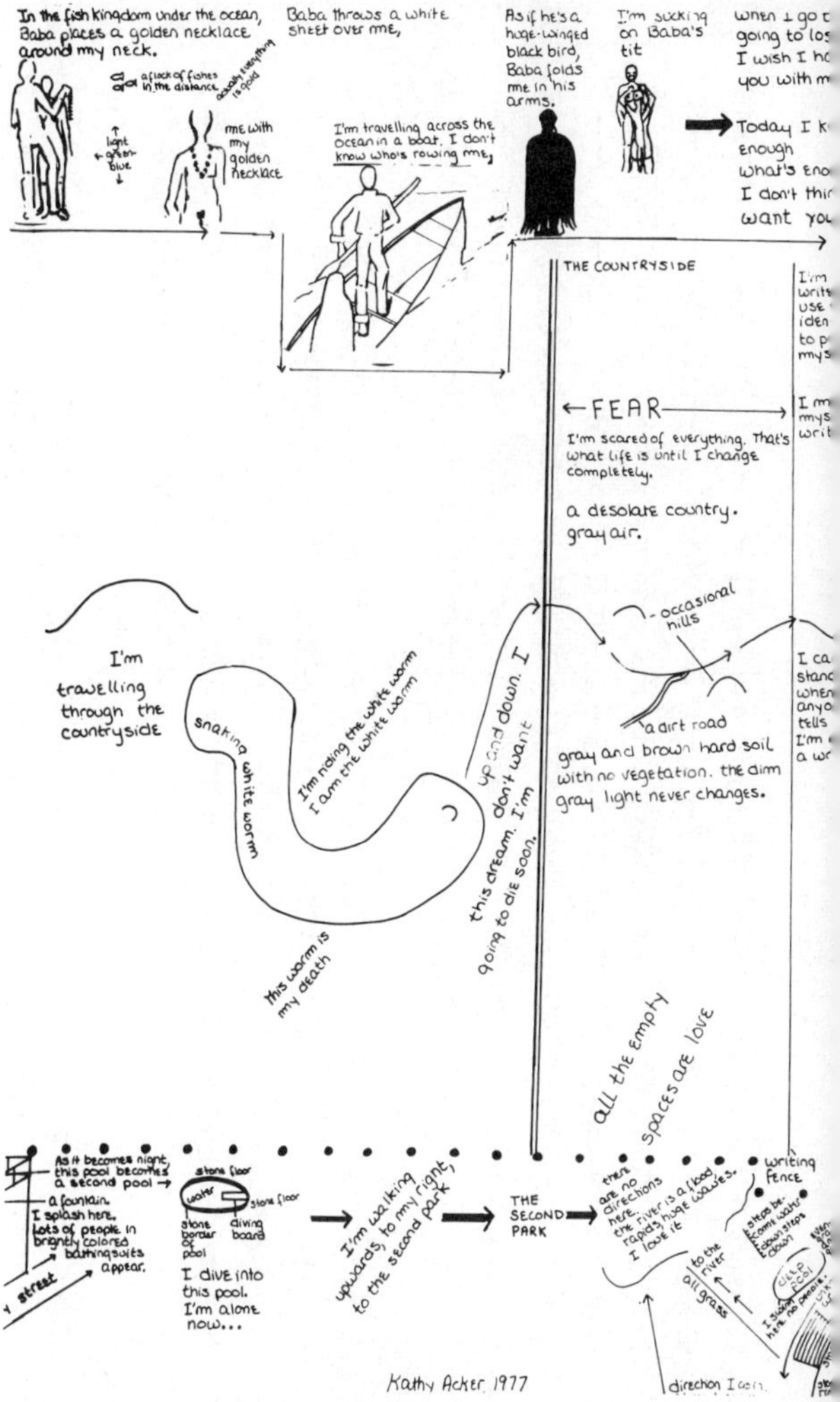

In the fish kingdom under the ocean, Baba places a golden necklace around my neck.
a flock of fishes in the distance
actually everything is gold
light green-blue
me with my golden necklace
Baba throws a white sheet over me,
I'm travelling across the ocean in a boat. I don't know who's rowing me,
As if he's a huge-winged black bird, Baba folds me in his arms.
I'm sucking on Baba's tit
Today I k
enough
what's eno
I don't thi
want you
THE COUNTRYSIDE
FEAR
I'm scared of everything. That's what life is until I change completely.
a desolate country.
gray air.
I'm travelling through the countryside
snaking white worm
I'm riding the white worm
I am the white worm
this worm is my death
up and down. I don't want this dream. I'm going to die soon.
occasional hills
a dirt road
gray and brown hard soil with no vegetation. the dim gray light never changes.
all the empty spaces are love
As it becomes night, this pool becomes a second pool
a fountain.
I splash here.
Lots of people in brightly colored bathing suits appear.
street
stone floor
water
stone floor
stone border of pool
diving board
I dive into this pool. I'm alone now...
I'm walking upwards, to my right, to the second park
THE SECOND PARK
there are no directions here.
the river is a flood rapids, huge waves.
I love it
to the river
all grass
writing fence
steps become water down steps down
direction I am
Kathy Acker 1977

「真っ暗な夜でちた。雪とあられとみぞれが、大きなシーツみたいに暗闇の中からとつぜん落ちて来たの。それっきり何も見えず、何も聞こえまちぇんでちた」（モンスターは、深緑色のゴミ袋を持って、降りしきる雪の中に出たときのことを思い出しました）「見まわすと、どこもかちこも真っ暗闇。どこもかちこも真っ白で真っ黒で、寒くて寒くて」

「それはまんずひどがったっぺ」とモンスターは返事しました。

「あたちはお家に戻ろうと歩きはじめたけど（お家のイメージはあったの）、それがどこにあるのかわからなかったの。目の前には、黒と白の果てちないブロックがあるだけ。やがて灰色の朝の光が射してあたりが見えてきたとき、最初に目にとびこんできたのがあなたの小屋だったたんでちゅ。えんとつから煙が立ちのぼり、光が窓から射し込んでいたわ。

「ちょっとでいいから、どうぞあたちを中へ入れてくだちゃいな」

「気の毒なことすたね、嬢ちゃん」と言って玄関のドアをあけたおそろしいモンスターは、巨大な茶色のクマを目にし、叫び声を上げ、ピシャリとドアをしめました。「ビーバー！　ビーバー！」モンスターはビーバーの部屋に一目散にかけあがりました。ビーバーは三枚の白いサテンのキルトにくるまって、気持ちよさそうに眠っているのでした。「ビーバー！　ビーバー！」モンスターはビーバーの顔の上にしゃがんで、今の出来事を話して聞かせました。ビーバーはヨタヨタと下へ降りてゆき、だれも入れないように、ドアと窓に全部、しっかりとカギをかけました。

3　クマは家に入ろうと、二度目の試みをします

この困難のおかげで、クマにはこの家がいっそう素晴らしいものに思えてきました。それで、力をふりしぼってでも家の中に押し入ろうと決心しました。

お日様が台所の閉じられた小さな窓から射し込み、台所にあふれていました。その光の中、モンスターが大きな黒いフライパンで、目玉焼きを四つ焼いていました。黄金色に焼けたそば粉とライ麦のトーストが、古い鉄のトースターから飛び出して天井にぶつかり、青いタイルの床ではね返り、赤い丸テーブルの上に置かれた二枚のオランダ製の陶器の皿にとび乗りました。陶器の小鉢に盛られた、バラの花びらのジャム、オレンジとレモンとショウガのマーマレード、ハックルベリーとラズベリー、キクの花とグアバのゼリーが、テーブルに並べられていました。ビーバーは二階でシャワーを浴びていました。ビーバーはシャワー用のカーテンを使いたがらなかったので、青い水がパシャパシャとはねて浴室の床を満たしました。ビーバーに見えたのは白い朝の太陽だけ、聞こえたのは自分の心臓の鼓動のように降り落ちるシャワーの水の音だけでした。

ちょうどモンスターが卵をひっくり返していたとき、台所のドアが激しく揺れ、ドタンバタンと大きな音を鳴り響かせはじめたので、モンスターは、ドアの外に集金屋がい

るにちがいないと思いました。

「ケーれ、この集金屋め」とモンスターは叫び、叫んでいる自分を得意に思いました。

クマは、さらに激しく体を台所のドアにぶつけました。

「とっととうせろってばよ、この集金屋めが。オラは金なんざ持ってねーし、持てもしねーんだよ。この世は真っ黒な穴ぼこ、ゴミ捨て場でごぜえやす。おめーのようなやつらのおかげでよ。おめーらどきたらばハー」、モンスターの声はふるえています、「お、おめーらどきたら、手段も選ばねーでゼニッコかき集めるごどど、人にウソついでだます、て利用するごどど、この薄汚ねー紙ッ切れさ、悪辣な仲間うぢでまわし合うごどっきゃしてねーだっぺ。だがら、なにがらなにまで権力、権力権力権力なんだ。オラは眠れにゃー、考えられにゃー、安らがな夢をみるごどもできにゃー。オラ、おめーなんかでえっきれーだっぺ。おめーの金もでえっきれーだっぺよ」

クマは激怒し、口から泡を飛ばし、自分の体をおもいきり強くドアにたたきつけました。

だめでした。

クマは我を忘れ、さらに激しくドアに突進して行きました。

「それに、もしオラが金持ってだどしてもよ、おめーなんかにゃやらにゃーね。小便かけて火さくべでやる。この世界の氷の下さ埋めでやる。油ふりかげで、コン・エズソン社さ放火すてやる。家のネズミさ食わすてやる。けんどおめーにゃやんねえ。おととい来いどきたもんだっぺ」

　このときまでには、クマの両肩は打ち傷だらけ、口は泡だらけ、毛は抜け落ちて、血が胴を流れ落ちていましたので、クマは引き揚げて行きました。

4　密告と裏切り

　おそろしいモンスターは、フリッツィーという名のペットを飼っていました。フリッツィーは、赤い目をした白いネズミでした。フリッツィーは眠たそうに台所をヨタヨタと歩きまわり、大きなパンくずや、フライパンから自分の頭に落ちてくる大きなバターのしずくにありつこうと、朝食がおわるのを待っていました。クマがあきらめて近くの雪のふきだまりにドシンドシンと移動したとき、フリッツィーが自分専用の出入口から雪の中へかけ出しました。「これはこれは！　ごちそうだ！」とおぞましいクマは言うと、するどいツメのはえた前足でフリッツィーをつかみ上げました。

「もっと大きな獲物とアタシを取引できるわよン」フリッツィーはできるだけ早くまくしたてます。「アタシを生かしておいた方が身のためよン」

「ほう、そうなのかい？」

「アタシを飼ってる連中はアタシより大きいし、おいしいわよン。ネズミは毒よン。おそろしいモンスターとビーバーに、アタシをつかまえたっていいなさいよン。二人とも、特にあのバカなモンスターは、アタシのことが大好きなのよン。壁を突き破ってアタシを助けに走って来るわよン」

　クマはこの家が好きでたまらなかったので、中に入るためには何でもしようとしました。「おい、聞いてるか」クマは家に向かってどなりました。「あれほどていねいに頼んだのに、入れてくれないんだもんな。それならこっちがおまえらを取っ捕まえてやるまでだ。おまえらのペットのフリッツィーを捕まえた。オレ様を入れさせないんなら、アッという間にこいつを平らげちまうぜ」

「ビーバー！　ビーバー！」おそろしいモンスターは気絶してしまいました。我に返るとよろめきながら二階へ上がって行き、ビーバーをシャワーの洪水から引きずり出しました。「あのおぞましいケダモンが、フリッツィーを捕まえでる。フリッツィーを食べようどしてるだ！　オラ、フリッツィーの身代わりになる。そンだ。クマの両腕に、オラのこの身を投げ出すだっぺ……」

「だめだよ！」ビーバーが叫びます。モンスターは全速力で階下へ行こうとしましたが、片方の足はきかず、もう一方の足はくるぶしが外に向いているので、それほど早くは走れませんでした。「モンスター、愛してるよ、大好きだよ。ボクが身代わりになるよ！」モンスターとビーバーは、我先にクマの腕に飛び込もうと、競って階段を走り降りました。

　クマは返事を待っていましたが、だれも答えませんでしたので、ネズミを食べようと口のところまで持っていきました。するとそのとき、ネズミはクマにかみついて、雪の中に飛び降りました。

モンスターとビーバーが外に出ると、クマはすでに姿を消していました。

5　クマの敗北

クマは敗北しました。その素晴らしい家の中に入る方法は、もはやありませんでした。クマはそれでも、その家が好きでたまりませんでした。じっと家を見つめつづけました。クマは、丈の短い草を前足でひっかいている白い馬を目にしました。見事なその馬は、身も軽やかに走り出しました。なだらかな草地を降り、草地の丘を越え、丘に建つ小さな家や色あざやかなお花畑のあいだをぬって、飛ぶように駈けました。しばらくたちました。白い馬は泥の中に横たわり、死にかけていました。馬の右腹には、大きな赤い傷口がポッカリとあいていました。棒を持った人間が数人、傷口を棒でつついていました。

クマの歯は上下に動きはじめました。まもなく歯は大きな音をたてながらすごい速さでガチガチと鳴ったので、クマは自分がおしゃべりガイコツになったようで、恐ろしくなりました。暖かい毛も、皮膚も、血管も、落ちてしまいそうでした。歯はガチガチ鳴りつづけました。すっかり頭にきてツメを出したものの、だれに向かってそうしたらいいのか見当がつきませんでした。

クマは象でした。大きな大きな灰色の象は、二本の脚で立ち上がり、咆哮しました。宇宙の咆哮。象は、狭い泥道をドシン、ドシンと進みます。ドシン、ドシン。ドシン、ドシン。水を求めて延々と歩きまわりました。その長い鼻で、ヘビの形をした口に食べ物を差し入れました。時々自分の存在を森に知らせるため、咆哮しました。

オレはだれだ？　彼は自問しました。オレは象だ。

やせた角刈りの男の子が、パジャマを着てベッドの端に腰かけていました。ゆりかごのように狭いベッドです。だれかが、すでに寝床を整えてくれていました。男の子は両ひざをあごの下に引き寄せて、お話を聞かせてくれようとしている大人をまっすぐに見ていました。「昔あるところに」と大人は語りはじめました。「昔あるところに、方々の土地を歩きまわった男がおりました。この男は、体は巨人ではありませんでしたが、ほかの点では、すべてにおいて巨人でした。巨人は、トウモロコシをかじり、時には人間の頭も……」

クマはまた歯をガチガチ鳴らし、泣き出しました。なぜクマは歯がガチガチ鳴るのを止められなかったのでしょう。なぜクマは、悪魔に取り憑かれ暴れまわる気ちがい女のように、初めて騎手に乗られた白馬のように、震えていたのでしょう。クマは熱があったのです。クマはすぐにも逃げ出したかったのですが、もしこの束縛から抜け出したら、この世にはもはや何も残されないのだということを知っていました。

6　クマの暗闇のヴィジョン

夜は黒く、宇宙も黒でした。こんな夜には、どんな形も見分けることはできなかったことでしょう。黒く太い線が、黒い地と黒い空を分けていました。どこもかしこも、闇また闇の層ばかり。

「あなた」とあなたが呼ぶところのあなたは、暗闇の中を転げまわるボールでしたが、ただし暗闇は何か——「黒」のようなもの——ではなく、無は何かであるから、それは無でもないのでした。あらゆるものがボールになり、ボールははかなく消えて、あなたはどこ？　あなたは転げまわるボール。手から手へと投げ渡されて。そしてボールが回転するたびに、あなたは人格が、アイデンティティがすり替わるのを感じ、頭がおかしくなる。ボールが回転していないときは、安定しているように感じる。

あなたはこの暗闇に生きている。反逆者。変態。のけ者。一匹狼。すべての人々を憎む人々。人々のなかで不安を感じる人々。人々に憎まれていると自覚している人々。束縛され、拘束され、締めつけられるのを、グルグル回転する巨大なヘビを嫌う人々。ヘビはあなたの首や腕を這いまわる。ヘビの母親である女が、あなたを飲み込む。

あなたはとても不安。あなたは一歩進んでみる。どうしていいかわからない。そこには何もないから。何もないということさえないから。

7

なぜかしら、この暗闇の光景にクマはとてもうれしくなりました。クマは歌い踊り出し、いろいろおかしな音をたてはじめました。雷弾のような涙が、その目からこぼれ落ちました。あられのような汗のしずくが、ボサボサの毛からしたたり落ちました。クマは、全天候を呼び起こしていました。そこでクマは、お歌をうたいました。

暗闇のかわいい小鳥
ぼくの心に住んでいる
きみの翼はぼくの心
広げたその翼は、銀色、サファイア、スミレ色、
　金色、若草色に輝くよ
きみが翔ぶ
ぼくが追いかける
ヒューン　ヒューン
世界は
銀色、サファイア、スミレ色、金色、若草色に輝くよ

木や蕾や葉や小川が
萌え立ち湧き出て、イラクサ、タカ、そして霧
木の葉は深緑、青、
　若草色
もういちいちかまってられるか
ぼくは何もしなくていいのさ
すべては生きている

クマが歌ったことは、本当でした。世界は信じがたいほどに美しいのでした。形という形、色という色がすべて戻ってきました。

それからクマは、自分の翼を動かしはじめました。羽ばたきはどんどん速くなり、やがてクマは空に舞い上がってゆきました。クマは、ビーバーとおそろしいモンスターの住む暖かい家をあとにし、二度と姿を現すことはありませんでした。

ジェイニー、女になる

ニューヨーク市のスラム街。ここには実にさまざまな人種が住んでいる。下流中産階

級及び福祉援助を受けているプエルトリコ人、主として家族、白人学生数人、いまだ成功せず苦闘している白人アーティストが数人、職業柄成功は不可能なセミ・アーティストである詩人とミュージシャン——あらゆるジャンルの音楽、特にジャズとパンク・ロックに傾倒している黒人、白人のミュージシャン。スラムのマシな地域には、ウクライナ人とポーランド人家族が住んでいる。スラム街東端の河岸には、中国人と中流中産階級のプエルトリコ人家族。北端にはジャンキー、ポン引き、淫売の群れ。南端は一段と貧しい区画に格下げとなり、焼き払われてまるで戦場としか思えないような体たらく。西端はまさに浮浪者通りだ。

三部屋のアパート。サイズ四・二メートル×二・七メートルのが一部屋、二・一メートル×二・七メートルのが二部屋。もう一つの四・二メートル×二・七メートルのスペースには、トイレ、浴槽、ストーブがある。通常、お湯や暖房は使えない。月額二百ドルかかる。このあたりの住人の多くは、金がなくて家賃が払えない。

家主の一人が保険金目当てに自分の持ち家を焼いた。そのさなか、建物の中では二組の家族と一人のポン引きが寝ていた。家主は黒焦げになったその敷地を、多国籍ファストフード会社マクドナルドに多額の金で売り渡した。これが、貧乏人がいかにしてハンバーガー用の肉に変わり果てるかの顚末だ。

彼女が住処としているスラム。イースト・ヴィレッジは臭い。通りはゴミに覆い尽くされているが、十センチほど積もったゴミでも、犬やネズミの小便から放たれる悪臭を封じられない。建物はすっかり焼け落ちているか、半焼しているか、壊れかかっているかのいずれかだった。このスラムを所有している家主連中は、一人として自分たちのそういった手の施しようのない建物には住んでいない。

冬、平均気温がマイナス十八度になると、建物内ではお湯も暖房も使えず、夏、平均三十八度になると、ゴキブリとネズミが内壁や天井をビッシリ埋める。

住民に奉仕している病院はひとつだけで、このスラムの北端からあえて数ブロック離れた所に建っている。病院には、ライト、注射針、脳障害を引き起こすドラッグ、器具類があるが、ベッドはないに等しい。休日になると必ず、例えば、コン・エジソンのせいで停電になったり、家主が保険金を手に入れようと自分の建物を焼き払ったりするとき、貧乏人がしばしの憩いを求めてこの病院を乗っ取る。

この界隈で唯一のスーパーマーケットは、市街のスーパーマーケットがさばき切れない腐った品物を仕入れ、それに二倍ふっかけて売っている。

地元の警察署には、マーケットの人間とはちがい、ご近所の方々とは関わり合いたかござんせんという連中ばかりが首を揃えていた。連中は危険な通りや路地を怖れ、恐怖心に給料を支払ってもらっているようなものだった。

地元には表立った犯罪組織はない。組織のボスたちが自分はこの地域に属さないと考えているからだ。これら街を牛耳るギャングが、スラム街の北部にあるビル——どのビルかはだれも知らない——を占拠した。連中はビルの中央をぶち破り、中国人経営のランドリーの壁のようなネズミが走りまわる石膏壁の後ろに、店じまいしたペット・ショップ、アンティーク家具店、貸室の後ろに、スチールの壁の内側に、CIA標準保安システムの内側に、大娯楽場を築いた。貧乏人たちはこの娯楽場の存在を確かめられないが、近所にいつも客のいない高級イタリアン・レストランが一軒と、オマワリが腰かけて重々しい銃を身に付けた男たちに話しかけたりしているエスプレッソ・バーが二軒あることは知っている。

ジェイニーやイースト・ヴィレッジの人々はどう感じているのか。一般的に貧乏人の感じ方も金持ちと何ら変わりはない。

貧乏人だって実に幸福な気分になるし、跳びはねたり大声を上げたりしながら走りまわり、そしてあらゆる人間が自分を嫌っていることを知り、何もかもが悪臭を放っていることに気づくとひどく落ち込み、金持ちと同じように自殺しようとする。ただし金持ちは、ある気分の後にある気分へと移り、そのときの気分だけが唯一存在するものなのだと考える。悲しいと感じるなら、それは世界が病んでいるからにちがいないと。しかし貧乏人は、日々綿々たる抑鬱状態に支配されている。抑鬱状態とは、貧乏人が可能性をどんどん失っていくのを実感するということだ。

言い換えるなら、知覚の対象イコール知覚する人間なのだ。仮に、来る日も来る日も目にするものといえばネズミのねぐらと化した床の上のマットや、石膏が下の方にほんの少し残った四方の壁、食べるものといえばでんぷん質のものばかり、聞こえるものといえば絶え間のない騒音、おまけに壁からひっきりなしに滴る小便とゴミの悪臭に悩まされ、知り合いといえばどいつもこいつも自分と同じような生活をしている連中ばかりだとしたら、それはおぞましくはない、それはただ……

やつらは何者なのか。十三歳になったジェイニーは、四番通りと一番街が交差する角の安アパートに住んでいる。三部屋ある。一つ目の部屋は一・八メートル×三メートルで窓が一つある。二つ目は一・八メートル×三メートルで、仕切って一・八メートル×一・五メートルの部屋が二つできるようになっている。三つ目の部屋は一つ目と同じ大きさで、以下の贅沢品を備えている。食卓や寝椅子代わりになる金属板でフタをされている浴槽が一つ、トイレが一つ、流し台が一つ、慢性的に故障を繰り返している冷蔵庫が一つ、ストーブが一つ。ガス管は季節によって使えたり使えなかったりする。ジェイニーは一つ目の部屋に住んでいる。何もしない。

アーノルドは残り二部屋に住んでいる。ジェイニーが知るだれよりも変化に富んだ生活をしている人物で、かなり金を持っている。サーカスで演奏し、自分のロック・バンドのリハもする。

ジェイニーは毎日アーノルドと顔を合わせる。そうする必要がある。彼女にとって彼は、人間との接触の拠り所だ。あるときは彼を憎み、あるときは存在しないも同然だと思う。あるときは好意を寄せ、あるときは頼る。

頭がイカレそうになったり、かつ／あるいは、いくら一人きりで何もしないでいるのが好きでも始終一人でいるのは良くないから人に会わなければと思い立つと、夜が来ると、そして夜にだけ、部屋を出て通りを歩く。

淫売が闊歩する同じ通りを何度も行ったり来たり、淫売だけが金を稼ぐ。ジャンキーやギャングの手下、浮浪者、ポン引き連中が、時々挨拶してくる。

一晩か二晩して、何もせず通りをブラつくことが嫌になると、ジェイニーは部屋に戻って何もせずに過ごす。

（ジェイニーの日記からの抜粋）

一九七七年七月二十九日

あたしゃそれはもう取り乱しやすい。近頃はやたらとセックスに心を取り乱してる。めいっぱいヤリまくりたい。ファックるのを夢想するとき、出会いはいつも冷たく、激しく、自由。

昨日、別れたボーイフレンドにイレられたときのことを三回思い出した。多分あいつは今でもあたしのボーイフレンド。あたしのボーイフレンドなのかどうか、ずっと定かじゃなかったけど。十二歳のときから八ヵ月間、時々彼をハメてたの。しょっちゅうじゃなかったけど。八十歳でしかも物書きの彼のファックはさほど良くない。物書きの大部分はキジルシだ。朝から晩まで部屋にすわり込み、だれも読みたいとも思わないクズを書き散らし、性交しないからね。それはともかく、この男はあたしをぶつとネジ込める体勢になり、一回限り五分間だけ奮闘した。昨日、思い出しちゃった。あたしは修道院にあるような小部屋にいて、オケツはカレの顔の上。カレ、自分の部屋にちゃんとしたベッド持ってるくせに、あたしを好きになっちゃうのが怖くて泊めてくんないのよね。あたし、カレにベルトを取って来てって言ったの。ショックだったみたい。カレ、重い革のベルトを手に取って、あたしのオシリを突き上げながら背中をビシバシ。たまんないほど痛んだけど、これがまたヨクってさー。これはあたしの記憶の中にしかなくて、この疼くオマンコを救うことは到底無理だけど、あたしだってしたけりゃ何でもできるんだって実感する助けにはなるし、そうするつもり。来る日も来る日も牢獄のようにみすぼらしいこの部屋で、ムチャクチャ抑圧されてきたあたし。することはどんどん減り、考える時間だけはどんどん増える。何かが、多分この肉体が崩れ去るまで。さ、これからはなんでもかんでもやったろうじゃないの。

　手始めに派手にファックりまくっちゃうぜ。ファックることなんかもうどうだっていいんだけど。何が自分にとって大切なのか、自分が人間らしいのかどうか、自分でもわからない。そうだスコットランドへ旅に出よう。スコットランドには男が腐るほどいるし、そこだったらあたしに指図するやつはいないだろうから。

ジェイニーがマットの上に横になってこれを書いていると、二人の十代のチンピラ――黒人と白人――がアパートに入って来た。黒々とした髪を後ろになでつけた白人チンピラと筋肉隆々の黒人チンピラ。アーノルドの側から押し入って来たので、ジェイニーは連中の侵入に気づかなかった。二人はカセットレコーダーを盗み、片っ端から備品を壊した。ジェイニーが黒人の若者たちが押し入って来て犯されている情景を思い描きながら軽くオナニーしているさなか、二人は部屋に踏み込んで来てせせら笑った。白人の方が、叫ぼうとする彼女の口をピシャリと手で押さえる。噛みつこうとするが無駄な抵抗。脚をバタつかせてもがく。黒人の男が両脚を押さえつけ、試しに脚の内側に爪を這い上がらせてみる。下から伸びてきた黒い手に腕を押さえられ、巨大な体に覆われる。完全に包囲されてしまった。

白人のチンピラが彼女のスカーフを一枚口にねじ込み、もう一枚を両手首、もう一枚を両足首に縛りつける。黒人の男が足首の上にすわっていて動けない。殺される。アタマの中は真っ白。白人の方が、部屋のものを手当たり次第破壊しにかかる。絵や写真を床に放り投げ、服を引き裂き、床に本を叩きつけ踏みつける。ジェイニーを数回蹴る。カミソリを見つけ刃を取り出し、ニヤニヤ笑いながら部屋にあるものを切り刻む。「おい、おまえ高校生かよ」と黒人の男。

白人の男はきまり悪そうに、どうしたものか見当がつかない様子で刃を手にしている。黒人の男が、手の甲でジェイニーの顔をイヤというほど数回ひっぱたく。「今殺るかも。でも殺らねえかもな。生かしておくかも知んねえし、片輪にしちゃるかも知んねえが、見逃してやるかもな」男は相手の表情を眺めまわしている。

あのこと――それが何であれ――つまり、一番恐れていたこと、この世で最も恐ろしいことが自分の身に起ころうとしている。そのこと――それが何であれ――自分の知らなかったことが。そのこと――何よりも起こって欲しくなかったこと――の只中にあたしは放り出されている。この世で自分の身に起こり得る、最も恐ろしい出来事。逃げ出さなければ。

逃げられないなどということはあり得ない。人間の想像力がそんなことを思い描けるはずはない。心は敗北を認めない。そんなことが頭の中を舞いつづけた。

黒人の男が手の甲でさらに数回したたかに顔を張る。片側の頬から血が流れているが、当人は気づかない。「ツラ台無しにしちまうぜ」白人の少年が笑いを浮かべて時々舌で刃を舐めながら口を出す。「ツラやっちまったら、金ヅル手放すことになるぜ」

黒人の巨漢が一段と強くひっぱたく。突然正気を取り戻したジェイニーは、自分がどこにいるのか気がつく。そして目に涙をためて黒人の男を見上げ、微笑む。「よし」と黒人の男。「行くぞ」

二人は彼女に服を投げつけ、階下に抱えて行く。幼かった頃、扁桃炎の手術が終わった夜、父親が医者に向かって、こんな小さな子どもを病院に置いておく必要はないと大声で叫び、病院から彼女を連れ出したことがある。夜どおし、光や人や車が雲のように彼女を通り過ぎた。薬で朦朧(もうろう)とした彼女は父親の広い肩にグッタリともたれかかり、夜どおし気味の悪い人間どもから逃走しつづけた。今またそれとまったく同じ感覚を彼女は味わっていた。

二人はジェイニーの両腕を取り人形よろしく引きずって、四番通りを抜ける。交番を通過。交番の前では、オマワリが数人ノロノロと行ったり来たりしている。オマワリについているブロンドのウクライナ人グルーピーがたむろする階段を過ぎ、ユダヤ人経営の肉類専門のデリカテッセンを過ぎる。オマワリたちが白人と黒人の二人組に挨拶すると、二人も挨拶を返す。「あれ、きみじゃないか。去年、きみのアパートに行ったことがあるよ。元気?」とオマワリがジェイニーに声をかける。彼女はチラと相手を見る。飛翔。彼女は飛翔しはじめた。

古い黒のシボレーに押し込まれた。

「兄貴のやつ、もう殴ったりしねえよ」と白人の方が言う。「泣くなって。女に泣かれんの、たまんねえんだ。かあちゃん思い出しちまうからヨ。兄貴、いいヤツだぜ。オレのことまともに扱ってくれてさ。オレ、去年ブリンピーズの前で兄貴に拾われて、そんでみっちり叩き込まれて男になったってわけ。それまではただのションベンたれでよー。自分が何やってんのかワケわかんなかった。ヤクやりゃハクがつくぐらいに思ってたもんな。ほかの連中とおんなじでバカでさ。ヤクやることしか考えてなかった。本物のヤクがどんなもんかも知んねえでヨ。兄貴が手引きしてくんなかったらオレ、ムショ暮らしの腐れパンクでポシャッてたかも知んねえ……」

「だまんな」と黒人の方がさえぎる。「こいつもそのうちわかるって」

まだラッシュアワーにかかっているので、黒い車は一番街をゆっくりと進んで行く。灰色がかった黄色い太陽が、徐々に黄色っぽさを増していく。空気は病院のそれ。太陽が老いて病んで胸をムカつかせる時刻。空気は、まだコン・エドと毒入り水道水の犠牲になっていない老人や病人を殺戮している。それはコッチ市長のニューヨーク救済プランの一つ。黒い車はガラ空きの病院を過ぎ、スラムを出て、ニューヨーク出身の人間以外ならだれもがスラムと思うような区域、準上流区域へと入り、芝生の公園とインド料理店に囲まれた世界平和の守護神、国連ビルを過ぎる。さらに数ブロック行ったところで車は右折し、橋の下に突進、イースト・リバーのすぐそばにある公園の奥深く隠れた一角に入る。ゴミはイースト・リバーの水にとって替わるほどにゆっくりと溢れつつあるが、ゴミは生き延びることができない。「おまえさんを売春業者に売るのよ」黒人の方がジェイニーに言う。「まず調教して、それから売り飛ばすのさ」

二人は彼女を車の外へとせき立てる。

「そうすりゃ高値がつくからな」

ジェイニーは気絶する。我に返ったとき、シワだらけの痩せた小鬼を見たように思った。部屋は真っ暗で、だれもいなかった。

「売春婦になるまでこの部屋でおとなしくしてろ。死ぬ以外、逃げる手段はないと思え。一人前の売春婦になったら、この部屋から出してやる。そして稼いだ金は残らずわたしに渡すんだ。

「逃げ道はない。わたしの命令をひとつ残らず実行しなければ、殺す」

「な……エ？ なんなの一体。あんただれなの？」

男はさっきの二人以上に思い切りきつく彼女の乳首を張った。そして部屋を出て行き、ドアに鍵をかけた……

ミステリアスなリンカー氏

「何と申しましても」とリンカー氏は不良どもに言った。「わたくしは、健康な若人を賛美しております。健康は金では買えない。健康でなければ、たとえ名を成し富を築いても、何も持たないに等しいのであります」リンカー氏は説教を垂れるのが好きだった。「『健全な肉体は健全な精神に宿る』肉感的で健康な若い女性ほどこの世でウックシーものはない。若く美しい女性や若く肉感的な女性が、当人とはまるっきり釣り合わない男、ほれ、眼鏡をかけた男とかブ男、あのたぐいですな、そんなのと連れ立って歩いてるのを見るにつけ、まあーホント、実にいまいましく思うわけです。ああいった連中は、ブチ殺されてしかるべきなのです」

「そのとーり」不良の一人がブッブツ言った。

「『健全な精神は健全な肉体に宿る』」と話を元に戻す。「きみたちにはチョイと難しいとは思うが、これは、歴史上初の都市国家、古代アテネの格言である。我々の文化はすべて、古代ギリシャをその発祥の地としているのです。知ってました？

「健全な状態は何によってもたらされるときみたちは考えるかね」と、彼は生徒諸君に質問した。

不良諸君は黙っていた。

「驚くべきことに、病気と精神不安定こそが健康をもたらすのですな。最高度の危機に瀕した人々、他人を不快にするような行動に走った人々、非難囂々（ごうごう）呪われまくるような行ないをしでかした人々などが、わたくしたちの文明の進歩に多大な貢献をした方々と言えるのです」

リンカー氏は、言葉もわからぬ幼い時分に、病気と精神不安定を体験した。イラン人街に生まれ、家は赤貧、金を持っているあらゆる人間をうらやむようになった。金を作るためには、どんなことでもやらなければならなかった。

貧困は人類にとっての悪である。なぜならそれは、人々に永続的圧迫を加えつづけるからだ。また、貧困は人類のためである。なぜならそれは、貧乏に終止符を打とうと、貧乏人にさまざまな試み（異常行為の最たるもの、自殺の果てまで）をする気にさせるからだ。リンカー氏は乞食の子として、社会というものがどのように機能しているか目（ま）の当たりにした。自分を賢く、しかも非情な人間に鍛え上げ、金持ちになってやろうと固く心に誓った。もし貧乏に打ちひしがれるままの状態であったなら、彼はこの知性の光を己に向け、聖人となっていたことだろう。ところが実際には、ありがたやアラーの神、七歳のとき放浪の手品師にくっついて逃走し、ウィーンにしばし滞在、十五歳にしてカール・ユングのもとで学ぶため、大学に籍を授かるべくその門戸を叩いた。そしてその聡明さと人間の社会的行動のメカニクスへの関心を以て、ニューサイエンス——心理学の哲学へと向かい、さらには神経学へと分け入った。なぜなら彼は何といっても唯物論者であったからだ。それでリンカー氏はロボトミストになった。

　後年、彼が「知性」と呼ぶところとなった賢さは、巨大に膨れ上がっていった。人々に助力を求められるほどに、そして自分で自分のエキセントリックな傾向に満足するほどに、彼は自分を神であると信じ込むようになった。中年になるまでには、もはや知性的な人間、言い換えれば順応性のある人間になるチャンスは残されていなかった。彼は真のイメージ、つまりフェイクとなった。

　不良ども相手に語りつづけるリンカー氏。「わたくしたちを獣と区別し得る唯一のもの、それは文化であります。文化は我々の最も高度な生活形態です。そして、他のいかなる芸術にも勝ってわたくしたちにこの高踏的な生活を獲得せしめるものは、文学なの

娘たちは愛のためなら何でもする

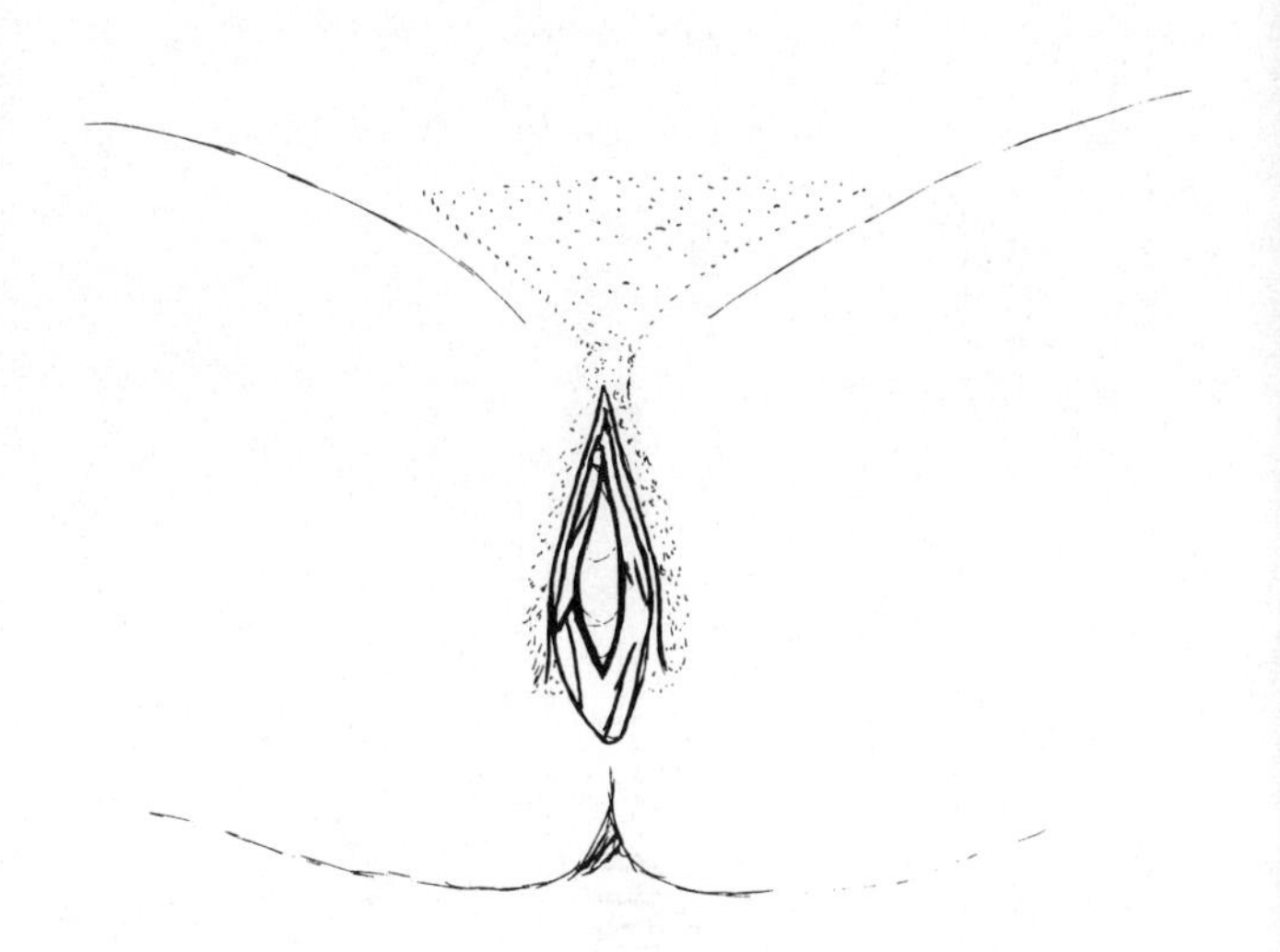

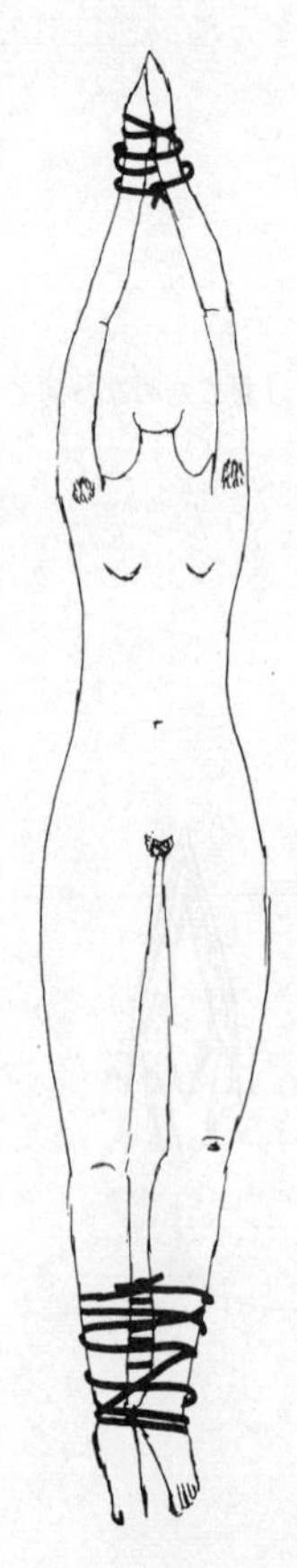

ギリシャの壺に寄す

です。ッと申しますのは、文学は芸術のなかで最も抽象的であるからです。それは、唯一の非官能的な芸術です。多くの人々は読書から遠ざかっていて、近頃はクズのようなものばかりが読まれておる。彼らには見えない。自然に対して眼を開かない。彼らは芸術家の眼を持たず、無知なのです。

消えろ、消えろ、つかの間の燈火（ともしび）！
人生は歩きまわる影法師、
あわれな役者だ、舞台の上でおおげさにみえをきっても
出場が終われば消えてしまう……

シェイクスピアは『ハムレット』の中でそう言いました。文化なしでは我々は何の価値もないという意味なのであります。
「文化はいずこからやって来るのであろうか。答えはこうです。それは、病から生まれるのです。一連の偉大な芸術家、ゲーテ、シラー、ジャン＝ポール・サルトル（『嘔吐』は必ずフランス語で読むように。英語だとサッパリわけわかんないから）などがそう明言いたしました。彼らは、己がいかに悪であるかを認識しています。この生が、真に悪であるということを認識しています。この認識においてこそ、先へ進むことが出来るのです。医学的には――わたくしは医者ですけれども――肉体は病なくしては生きられな

いのです」

リンカー氏はここで、自分自身の症例を取り上げた。「どうです、この絨毯。美しいじゃありませんか。この絨毯にまつわる話をいたしましょう。愉快な話とは言えませんがな。わたくしの妻は実に五年間というもの、この絨毯作りに励みました」葡萄の房と灰色がかった月のまわりに、銀や白や淡い青の小鳥が群がっている絵柄だ。「来る日も来る日も妻は針を動かしました」リンカー氏は上流中産階級の若いウィーン娘と結婚し、アメリカに連れて行った。キャッツキルで初めてリゾートホテルを手に入れ、彼女は料理し、片付けをし、ブラシをかけ、掃除機をかけ、帳簿をつけ、洗い物をし、ホテルの客の世話をし、夫に仕えた。「しばらくして、妻の視力が衰えはじめましたが、それでも絨毯を作りつづけました。たびたび呼吸困難に襲われるようにもなりました。ある日ついに立っていられなくなり、家事をすることができなくなった。わたくしは医者から、妻がとても弱っており、羊毛が肺に悪いので、絨毯作りをやめさせるようにと言われました。どんなふうに悪いのかわたくしにはわからんが。しかし妻は、血を吐きながらも絨毯を作りつづけたのです。死の瞬間にも、それを手にしておりました」

実のところ、リンカー氏の妻は気がふれて、ニューヨーク市営療養所に死ぬまで閉じこめられたのだった。

リンカー氏の妻が療養所に落ち着いた後、彼はロボトミーとリゾートホテル運営に加えて、白人売春婦売買業に乗り出した。齢七十五、富裕な男になっていたのだから、金が必要なわけではなかった。自分の持っているほかの特質を満足させたかったのだ。彼は非常にパワフルで賢い人間だった。

ジェイニーは鍵がかかった部屋に住んでいた。日に二度、ペルシャ人の売春婦売買人がやって来て、彼女を売春婦にすべく調教した。そのほかには何事もなかった。

ある日彼女は部屋の片隅に使い残りの鉛筆と紙切れを見つけ、自分の人生を記しはじめた……

読書感想文

我々は皆、牢獄に繋がれている。我々のほとんどが、そうとは知らずに生きている。くすんだ色の服を着たヒゲ面の男たちの群れが、監獄の前に集まった。ヘスター・プリンという名の女が出てくるのを待っているのだ。

全員が、ヒッピーですらヘスター・プリンを嫌っていた。ヘスターはフリークで、それ以外の何者でもなく、やかましく、血まみれの生理用ナプキンの如くそのフリークぶりを隠そうともせず、思いっきり粗野で頭がパーだったから。

その昔、ホーソーンが『緋文字』を書いた時代、彼は現在よりも社会的に抑圧され、物質主義的ではない社会に生きていた。ホーソーンは、一人のワイルドな女の物語を書いた。この女は、自分の夫ではない男とヤリ、その子どもをもうけることで社会に挑戦する。社会は彼女を牢獄へと追いやり、その胸に姦通の印である赤い文字「A」を付けさせ、放逐した。

近頃では、多くの女はヤリまくる。ヤルことなんかに何の意味もないからだ。今日、人々の関心は金である。非物質主義的理想をもって生きる女は野蛮な反社会的怪物とされ、オープンにそういう姿勢を示せば示すほど、人々から敵対視される。今日、女性は、血まみれナプキンの切れッ端であるという理由では監獄にブチ込まれることはない。淫売とジャンキーだけが監獄行きだ。刑務所‐法律は、今では他のビジネス同様、一つのビジネスになっている。彼らは飢えにもがき苦しみ、人々は彼らを呪う。肉体的殺人と精神的殺人は共闘する。

私の生きている社会は完全に狂っている。なす術もない。私は一介の人間に過ぎず、何かに特別秀でているわけでもない。一生地獄で暮らすのは御免だ。もし私がなぜこの社会がこんなにも狂ってしまったのか知っていれば、もし我々全員がそれを知っていれば、我々は地獄を破壊できるかもしれない。それがホーソーンの考えだったのではないか。物語は、初期の清教徒――北米北部の海岸にやって来て、ホーソーンが生きた社会、そして我々が今日生きている社会を作り上げた最初の人々――の時代に設定された。ホーソーンが物語を過去（つくりごと）に設定したもう一つの理由は、言ってしまいたい大胆なことをダイレクトに言えなかったからだ。思想や書き物がまだ重要視されていた社会に生きていたのだ。『緋文字』の序章である「税関」では、『緋文字』は遠い昔の話であり、現在生きているだれにも関わりのないことであると念を押している。結局ホーソーンは、書きつづけるために身を守らねばならなかったのだ。今では、私は思いのままダイレクトに語ることができる。書き物や思想になどだれ一人目もくれやしないから。人々の関心は金だけだ。たとえアイダホ州ボイシの人間がクソにも足りないほどの関心を向けたところで、ミスター・アイダホが手にできる唯一の本は、出版者、というよりは広告屋（今やビジネスマンは押し並べて広告屋）が、映画とテレビ、またはそのどちらかの著作権で五十万ドルは稼げると見込んだものだけだから。広告になる本。これが文化の定義というものだ。

ほらね、近頃じゃ、その昔のクラ〜イ抑圧された清教徒の時代よか、はるかに状況はマシじゃない。だれでも何でも言えるじゃない。確実に進歩はしてんのよ。

監獄暮らしが長かったせいで、自分を憎み、軽蔑し、嫌悪する術をすっかり身につけちゃったアンタ。怒りを怒張させることもお手のもの。激しくて自由じゃないものすべてに憎悪を向ける。官能的なことが大好きで、可能性のあるうちは何事もあきらめない女の子はワイルドなのヨ、裸で黒い毛皮の中を転げまわり氷のように冷たい水硬く縮れた葉三本の茶色い枝を見て葉が生い茂った枝に深緑の葉これを通してくすんだ灰色膝まである通りのゴミの中を彷徨うヒゲ面の男たちがコカインに積まれたコカインの下に寝そべってる色色いろいろ起こってる！　次々と！……進みつづければいいのだ。ルールなんてものはない。死のうが生きようがかまいはしないが、時々テリトリーのようなものがあって、そこにハマるかも知れない。ハマッたとしたって本人が意にクソ介さなければそれでいい。が、そんなオメデタイやつがいるもんか！　すべてを愛し巻き込まれネバネバのクソのようなもんだぜコンチクショー金稼ぐんだ成長しろちがうそんなことが望みなんじゃない。

十七世紀中葉のマサチューセッツ州の海岸は、今日と同じ様相を呈していた。**野生**。木と繁みと雑草と風と水。木と繁みと雑草と風と水は絶えず動いている毎秒全世界は完璧にちがう世界空気がさざめく水の上に迫りその水域はいっそう震え水面下は暗さを増し切り立った岩に激しく打ちつけるバシャッ！　泡が浮き上がる。そして消える。

父親は、私をレイプしようとした翌日、この世で最も大切なのは安全安心だと語った。私はセックスがこの世で一番大切なものだと言い、なぜお母さんをファックしないのかと尋ねた。ホーソーンの時代や我々の物質主義社会では、金銭獲得が主たる目標だ。金には、変革を止めさせ、世界を死に追いやるパワーがあるから。だから、物質主義社会における何もかもが、あるべき姿の逆を行く。善は悪。犯罪だけが残された唯一の行動。

ヘスター・プリンは、ホーソーンが語るところによれば、まっとうな娘になりたかった。そういや私は父親のためにいい娘になりたかったんだっけ。愛する夫は、己の道を準備するため彼女を新世界に送り出した。当時の旅は危険だった（道路はなかった）。

夫は一度も現れなかった。二年が過ぎた。ヘスターは、死人同然のいい娘ちゃんになっていた。突如、さほど予期していなかった無我夢中で荒れ狂う疾風怒濤の熱狂が、頭巾を広げた巨大なキングコブラの如くにそそり立ち、広がり、すべてに襲いかかり、愛とはそういうもの、ヘビのような狂気がヘスターの中で立ち上がり、彼女はハメまくる。妊娠はヘスターをワイルドな、あるいは邪悪（ワイルドの宗教語）な人間にした。できた子どもは、彼女の穢れ、分裂、狂気のしるしだった。

ホーソーンは、イカレたタコ社会における母性について記述する。周囲の人々は皆ヘスターを嫌い、軽蔑し、手の付けられないフリークだと思っている。子どもに至っては、人権、人道的配慮の及ばないところにいる。毎日、声を聞いたり目にしたりにおいを嗅いだりしている人間すべてが自分をゴミ以下だと考えているとしたら、どんな気持ちがする？　自分という概念は、常に、少なくともある程度は、自分を取り巻く連中が自分に向けてどういう態度を取るかで決定されている。あいつらはまちがってる。自分が必要としたからしたまでだ。あいつらに挑もうとして挑んだんじゃない。自分が必要としたことだったんだ。問題なんてなかった。わからない。わかるはずはない。何も知りゃしない。頭がおかしくなってくる。

ヘスターが牢獄から出る。牢獄から外へ、牢獄から外へと。しかし事態は悪化。巨大な眼に付きまとわれ、囁かれ、赤ん坊は嘲笑され、愚弄され、私は女、これは現実じゃない、両目はグルグルまわり、もはや我に非ず、そして突如そこには長いあいだ行方知れずだった夫が。

この夫は、今ではロジャー・チリングワースと名乗っている。

警察のお偉方がヘスターに罵声を浴びせる。「このあばずれ」「あばずれマンコさんのお通りだ」「あのあばずれ女がどいつをハメハメしたって?」「品行方正なあばずれさんよ、こんな信じらんねーよーなおぞましいことしでかすつもりはなかったってのはわかるんだけどね、どいつをパックンしたのかおしえてくんないかなあ、頼むから。そうすりゃスッキリするよ、キミ」

ヘスターの夫は学者だ。学者は偉いポリ公だ。学者は、人々が問題を起こさずに社会が存続するよう、人々の生きるべき道をただす。学者は先公だ。先公は、生きた危険な創造性を古臭い思想にすり替えて、それを歴史と世界の意義として教える。先公は子どもたちを拷問にかける。先公は、ひねくりまわした言い回しを覚えさせ、口とはかけ離れた行動をとる方法を教える。

ヘスターが赤ん坊の父親の正体を明かそうとしないので、ポリ公の偉いさんたちが彼女を嘲笑しはじめ、群衆にも同様にしろと促す。ヘスターは愛ゆえに必死で耐え忍ぶ。

この夫は先公で食屍鬼ゾンビだ。自分の妻が大勢の人間から責め立てられるのを目の当たりにし、自分の妻がもがき苦しんでいるのを見、自分の妻が見知らぬ赤ん坊をあやしつけているのを目にしても、何も感じない。首をかしげるだけ、知的に疑問を抱くだけだ。赤ん坊の父親はだれなのかと。

最後の場面は、渦を巻くような恐怖の中に展開する。だれからも、穏やかで、正直で、親切な男と評されている若いハンサムな牧師が、人々のあいだに広がる嘲笑と憎悪と罵詈雑言を受けて、ヘスターに言う。「おまえというやつは、この世のゴミためマンコの中でも最低のクズだ。おまえを好くやつなんかいやしない。この先おまえの人生に愛はない。なぜってそれは、おまえが私生児のおやじの名を吐かないからさ」ヘスターは返事ができない。なぜなら、自分に向かってどなり散らしているそいつこそが、自分にネジ込んだオトコだからだ。よくも彼女に向かってどなれたものだ。この世で唯一彼女に残されたもの――記憶――は消失する。そしてどうなるか？　ヘスターはおかしくなってゆく……

ボピードピードゥピーのワーヤヤン～ってか。アナタ、発狂ってこういうもんだと思ってんじゃない？　気が狂うのが怖い？　頭のおかしな人たちを見たらゾッとする？　まあチョイ待ち。

あたしは、風が吹き抜ける屋根裏部屋で目覚めた。世界中、灰色と黒。松の木が灰色の空と海を、高い木を、ボートを、高い木を、ボートをおおっていた。

あたしは、ハイウェイに沿って歩いた。腰を下ろせる場所を、踏み込んで行ける草地を、探検できる森を探した。何時間も歩いた。ハイウェイの両側の耕された土地、鬱蒼とした土地はどちらも私有地だったから、ハイウェイを歩きつづけなければならなかった。人は今日、車や電車や船や飛行機で移動する、つまり決められたルートの上だけを移動しているのだ。人は、道路、地図、刑務所だけを識別する。道路から踏み出すことは困難になってきていると思う。

あたしは無人島に住んでいる。すてきな無人島。気に入っている。あたしの日課は、食べて眠ること。雨が降って寒くなれば岩の下に隠れる。ここが好き。でも、飽きてきた……何しようかな？　見たものを反復してみようか。砂のくぼみに横たわるこの灰色の古木の幹を描いてみようか。腐った木の幹を見ちがえるように描いてみようか。人は想像力で小児麻痺や梅毒を治癒させた。人は世界を変えたし、また、変えることができる。初め、無人島では、世界は完璧なまでに美しかった。今日、ニューヨークのあたしの部屋では、世界は醜くおぞましい。一体全体どうしたっていうんだろう。奴隷なんかにゃなりたくない、淫売なんかにゃなりたくない、残りの長い人生を愛もなく孤独に生きるのはイヤ。自分がこんなにメチャクチャになっちまったワケを確かめなけりゃ。

拷問の後、ヘスターとその夫が監房の中で腰かけている。夫は彼女を手当てするため中に入って来たのだ。彼は医者でもある。

「ハメチンこそこの世で一番素晴らしいことよ」ヘスターは狂っている。

「今すぐイレチンしたい」夫が答える。

「ゲロゲロ〜。あんたが地上最後の男だとしてもあたしゃ絶対お断り。胸がムカムカする」

　かすかな怒りの色が彼の顔をかすめるが、どうにか気を鎮める。「二人でよくハメッコしていたときのこと、覚えているかい？　アムステルダムの暖炉の火のそばで」その細い眼に涙が浮かぶ。「きみはわたしの膝に頭をしずめ、二人で炎を眺めていたね」

　ヘスターは、愛する男をハメることこそ、この世で一番素晴らしいことと考えている。たった今それがかなったら！　男を愛し、片時も離れない。裸の体を寄せ合う言葉はいらない。裸で濡れて暖かい彼の顔彼の肌裸で濡れて暖かい彼の分厚い唇潤んだ眼彼の上に乗る裸で濡れて暖かい決してあなたを離さない世界の平和決して決して決して。

「わたしが悪いのだ」と夫。「おまえをひとりアメリカにやったりしなければ、こんなおぞましい非人間的なことをしでかさずにすんだものを」

「へエエ、あたしが悪いってか」

「今ではおまえが憎い、いや憎んでさえいない。関わり合いたくないだけだ。わたしと知り合いで関係を持っていたなんて世間に触れまわったりするんじゃないぞ。二人のあいだにあった愛や思いやりも、今では死んだんだ。我々は死んだ人間同士なんだ」

　愛あるファックなんざ、神様からの贈り物にちがいない。彼の眼彼の鼻彼の熱い息彼の首の下の影彼のたくましい腕彼のわき腹のぜい肉彼の太モモから突き出た骨生い茂る毛の中でうねる彼のチンポコやりたいたまらない気が狂う。彼の眼が欲しい彼の鼻が欲しい体中にふりかかる彼の熱い息が欲しいその首にこの舌を突き刺したい彼の両腕で抱きすくめられたい男に御無沙汰で欲情を忘れかけてたぜ両手を彼のぜい肉に這わせ噛みつき一触即発イキそうな腰を彼の太モモから突き出た骨にグリグリだからきっときっとそんなカンジでイッちゃうんだわ彼のチンポコ、彼のチンポコにちょっとでも触れられたら、ちょっとで勘弁してよネ、素早いキス、濡れてヌルヌル、抜かないで、抜くなって言ってんだろこのマヌケの意地悪。これはあたしの家。

「ガキの父親はどいつだ」

「彼を愛してるの。あんたになんか言えないわ」

「見つけ出してやるさ。だれなのか興味があるんでね。わたしは欧米諸国における最も才気縦横な男の一人であるからして、何でもわかる。絶対突き止めてやる！」

ヘスターは、この肉体と精神の分裂の例を前にして震え上がる。地上に広がりはじめた恐怖と憎悪と偽善とを目の当たりにしている。

「わたしの正体をだれにも明かすんじゃあないぞ」


痛みに襲われるとき、人は絶叫する。

ある日ジェイニーはペルシャ語の文法の本を見つけ、ペルシャ語の勉強を始める――

THE PERSIAN POEMS

ペルシャ語の詩

by Janey Smith

ジェイニー・スミス作

THE PERSIAN POEMS
ペルシャ語の詩

• • • • • • •

جانی	Janey ジェイニー
جانی دختر است	Janey is a girl. ジェイニーは女の子です。
جهان سرخ است	the world is red. 世界は赤いです。
شب خیابان تنگ است	night is the narrow street 夜はせまい通り
و کوچه تنگ	and the narrow side-street. そしてせまい横道です。
جانی بچه‌ای است	Janey is a child. ジェイニーは子供です。
جانی بچه‌ای گران است	Janey is an expensive child, ジェイニーは高い子供です、
ولی ارزان	but cheap. でも安いです。

("ε" (,) links two entities :) (“ε” (,) は二つの語をつなぐ)

شبِ جانی	Janey's night ジェイニーの夜
شبِ سرخ	the red night 赤い夜
شبِ جهان	night-world 夜の世界
جانی خراب است (note: no ezafe)	Janey stinks. ジェイニーは臭いです。

جانی در اطاق است　Janey is in a room.
ジェイニーは部屋にいます。

اطاق کوچک است　The room is small.
部屋は小さいです。

(Ezafe (,) can join more than one entity:)
（エザーフェ（,）は一つ以上の語をつなぐことができる）

فرهنگ خراب است:　Culture stinks: books
文化は臭い——本と

کتابهای بزرگان　and great men and the
偉大な男たちと

صنایع ظریفه　fine arts.
美術。

زنان زیبا　beautiful women
美しい女たち

(The suffix ye (ی) means indefiniteness:)
（語尾 ye（ ）は不定冠詞を意味する）

زن زیبای　a beautiful woman
美しい女性

شب سرخی　a red night
赤い夜

خیابان بیابانی　a deserted street
人気のない通り

(or, note the change in construction:)
（または語形の変化に注意）

زنی زیبا　a beautiful woman
美しい女性

شبِ سرخ a red night
赤い夜

خیابانِ بیابان a street is a desert
通りは殺風景な場所です

Janey's all alone in her room. She's learning Persian slowly: ジェイニーは部屋に一人きり。ペルシャ語をのろのろと学んでいる——

(Certain adjectives are deviant: they precede their nouns. No ezafe (ِ) used here:) (一部の形容詞は例外で、それらは名詞の前に置かれる。ここではエザーフェ（ِ）は使われない)

این دِهقان this peasant
この農民

آن دِهقان that peasant
あの農民

خوب دِهقان good peasant
良い農民

(Note the endings here:) (ここでは語尾に注意)

خوبتر دِهقان a better peasant
もっと良い農民

این دِهقان از آن this peasant is better
この農民はあの

خوبتر است　than that one.

農民より良いです。

خوبترین دهقان　the best peasant

一番良い農民

(or:)（または）

بهتر دهقان　a better peasant

もっと良い農民

بهترین دهقان　the best peasant

一番良い農民

(The word خوب (good) is deviant:)

（خوب（良い）という語は例外）

بهترین دهقانِ این　the best peasant of

دموکراس　this democracy. この民主主義国で一番良い農民。

این دهقان از همه　this peasant is the

بهترین است　best of all. この農民は農民の中で一番良いです。

یک اطاق بیشتر نیست　this is the only room,

(is not) (more) (room) (one)

これはただひとつの部屋です、

Janey wrote, ジェイニーは書いた、

صندلی چیزی دیگر نیست　there is only a chair.

(is not) (other) (a thing) (chair)

ひとつの椅子しかありません。

(there's no word for "cot".) (「ベビーベッド」にあたる語はない)

جانی دِهقان آست Janey is a peasant.
ジェイニーは農民です。

جانی گِران آست Janey is expensive,
ジェイニーは高いです、

وَلی آرزان but cheap.
でも安いです。

دِهقان خیابان آست the peasant is the street. 農民は通りです。

زَبان Language
言語

زَبان مَعزول کَردَن to get rid of language
言語を排除するために

• • • • • • •

Janey hates prison. ジェイニーは監獄が大嫌いだ。

(Two vowels can't come together. Put a hamze or ye (ء or ی) between two vowels: (二つの母音はくっつかない。両者のあいだにハムザか ye（ءかی）を入れる)

(More specifically: When suffix begins Ī; after l… or 9…, put S :)（より明確に言うと、語尾がĪで始まるときは、l…か9…のあとにSを入れる）

مو　hair　毛　　مویان　hairs　毛たち

بانو　woman　女　　بانوان　women　女たち

(notice exception)

مویانِ تازه و بانوان تازه هست　there are fresh hairs and there are fresh women.　新鮮な毛があります　そして新鮮な女たちがいます。

there are new hairs and there are new women.　新しい毛があります　そして新しい女たちがいます。

(When suffix begins Ī; after S…, do nothing:)（語尾がĪで始まるときはS…のあとには必要ない）

ایرانی　Iranian　イラン人

ایرانیان　Iranians　イラン人たち

علی　Ali
アリ

ایرانیانِ سیاه هست　There are black Iranians,
黒いイラン人たちがいます、

ولی علیانِ سیاه　but there are no
نیست　black Ali's. でも黒いアリはいません。

سَر　head
頭

سَرِ کثیف　dirty head
汚い頭

سَرِ کثیفِ سیاه　dirty black head
汚い黒い頭

(When suffix begins آ; after ه..., put گ:) (語尾がآで始まるときはه…のあとにگを入れる)

بَچّه　child
子ども

بَچِّگان　children
子どもたち

بَچِّگانِ این شهر　the children of this city.
この街の子どもたち。

(When suffix begins ...ای ; after ا... or و..., put ئ:) (語尾が…ایで始まるときはا…かو…のあとにئを入れる)

بانو　woman
女

بانوئ　a woman
一人の女

بانوئ سرِ کثیف　a woman is a dirty

سِیاه است　black head. 女は汚い黒い頭です。

جانی سِیاه است　Janey is blind,
ジェイニーはめくらです、

Janey kept on writing, ジェイニーは書き続けた、

(When suffix begins ...ای ; after ی..., do nothing:) (語尾が…ایで始まるときは、ی…のあとには必要ない)

صَندَلی و اُطاق وَ پَنجَره　there's a cunt and

وَ پَنجَرهٔ و پَنجَرهٔ هَست　a prick. マンコとポコチンがあります。

صَندَلی　chair
椅子

اُطاق　room
部屋

پَنجَره　wall
壁

(or a hamze over the ye (ئ...):)
（またはye（ئ…）の上にハムザ）

یک صَندَلی و یک اُطاق و یک پَنجَرهٔ و یک پَنجَرهٔ و یک پَنجَرهٔ و یک پَنجَرهٔ بیستَر نیست	the only thing is a cunt and a cock. ただ唯一のものは マンコと チンポコです。

(When suffix begins ...ای ; after ه...,
use هٔ... or add ای :)
(語尾が…ایで始まるときは、ه…のあとにهٔ…を使うかまたは、ایを付け加える)

صَندَلی و اُطاق و پَنجَرهٔ و پَنجَرهٔ و پَنجَرهٔ و پَنجَرهٔ هَست	A wonderful man whose large prick is in Janey's cunt says to Janey, "I love you."

そのでかいポコチンが
ジェイニーのマンコの中にあるところの
ひとりの素晴らしい男が
ジェイニーに「愛してるよ」
と言います。

(When suffix begins with ezafe (,) :)
(語尾がエザーフェ(,)で始まるとき)

بانوی بو	the woman of smell 臭いの女
بوی بانو	the woman's smell 女の臭い

موی جانی	Janey's hair ジェイニーの毛
صندلی جانی	Janey's chair ジェイニーの椅子
خانه	house 家
خانهٔ جانی	Janey's box ジェイニーの箱
داشتن	to have 持つ
خریدن	to buy 買う
خواستن	to want 欲する
دیدن	to see 見る
آمدن	to come 来る
زدن	to beat up ぶちのめす
خوردن	to eat 食べる
گرفتن	to rob 奪う
بردن	to kidnap 誘拐する
کشتن	to kill 殺す

دانِستَن　to know
知る

(Past stem: cut off the "an" (ان...):)
（過去形の語幹—— "-an"（ان…）を落とす）

داشت...	have 持つ
خَرید...	buy 買う
خواست...	want 欲する
دید...	see 見る
آمَد...	come 来る
زَد...	beat up ぶちのめす
خُورد...	eat 食べる
گِرِفت...	rob 奪う
بُرد...	kidnap 誘拐する
کُشت...	kill 殺す
دانِست...	know 知る

(Present stem:
（現在形の語幹——

((1.) Vɛrbs ɛnding "id" losɛ "id":)
((1) "id" で終わる動詞は "id" が落ちる)

خَر...　buy
買う

((2.) Vɛrbs ɛnding "nd", "rd", "ad", "ud" losɛ "d":)
((2) "nd"、"rd"、"ad"、"ud" で終わる動詞は " d " が落ちる)

خُور...　ɛat
食べる

((3.) Vɛrbs ɛnding "ft", "št" losɛ "t":)
((3) "ft"、"št" で終わる動詞は " t " が落ちる)

کُش...　kill
殺す

((4.) Vɛrbs ɛnding "ɛst", "ɛft", "oft", and "ad" losɛ this syllablɛ:)
((4) "ɛst"、"ɛft"、"oft" と "ad" で終わる動詞はこの音節が落ちる)

دان...　know
知る

((5.) Irrɛgulars - most of thɛm:)
((5) 不規則——ほとんどがこれ)

دار...　havɛ
持つ

خواه...　want
欲する

بین...　sɛɛ
見る

آ...　comɛ
来る

زَن	bεat up ぶちのめす
گیر...	rob 奪う
بَر...	kidnap 誘拐する
داشتَن جانی	to havε Janεy ジェイニーを持つ
خَریدَن جانی	to buy Janεy ジェイニーを買う
خواستَن جانی	to want Janεy ジェイニーを欲する
دیدَن جانی	to sεε Janεy ジェイニーを見る
آمَدَن جانی	to comε Janεy ジェイニーを来る
زَدَن جانی	to bεat up Janεy ジェイニーをぶちのめす
خُوردَن جانی	to εat Janεy ジェイニーを食べる
گِرِفتَن جانی	to rob Janεy ジェイニーを奪う
بُردَن جانی	to kidnap Janεy ジェイニーを誘拐する
کُشتَن جانی	to kill Janεy ジェイニーを殺す
دانِستَن جانی	to know Janεy ジェイニーを知る

(Translate into English:)
I listened to the smoldering ship's engines that were carrying me along, and relaxed. I shouldn't have. I should have grabbed a buoy and jumped overboard; and flagged down a passing tramp to carry me straight back to the Athens Hilton and the airport.

(英語に翻訳)

わたしはわたしを運んでいた船のくぐもったエンジン音を聞いて、リラックスしました。わたしはしてはいけませんでした。わたしは救命ブイをつかんで水中に飛び込むべきでした。そして通りがかりの乞食に合図して、アテネ・ヒルトンと空港へまっすぐわたしを運び戻してもらうべきでした。

1. آیا سرِ سیاه اینجاست ؟

1. Is there a black head here?

ここには黒い頭がありますか？

2. بَلی خانُم (جانی) نَزدیک است

2. Yes Mrs (Janey), it's near.

はい奥さん（ジェイニー）、それは近いです。

3. این سَر مالِ جانی نیست

3. This head isn't Janey's. (Lit. This head isn't the property of Janey.)

この頭はジェイニーのではありません。

（文字通り。この頭はジェイニーの所有物ではありません。）

4. سَرهای سیاهِ شَهرِ تهرانِ خَیلی هَست

4. There are many black heads in the city of Tehran.

都市テヘランには多くの黒い頭があります。

5. خِیابانها سیاه است بُزرگتَرین وَفاتِ جهانی
حِسّ وَلی از آن تیزتَر خُود آست

5. The streets are black. You haven't fucked for a long time. You forget how incredibly sensitive you are. You hurt. Hurt hurt hurt hurt hurt. You meet the nicest guy in the world and you fall in love with him you do and you manage to get into his house and you stand before him. A girl who puts herself out on a line. A girl who asks for trouble and forgets that she has feelings and doesn't even remember what fucking's about or how she's supposed to go about it cause she wasn't fucked in so long and now she's naive and stupid. So like a dope she sticks herself in front of the guy:

here I am; understood: do you want me? No, thank you. She did it. There she is. What does she do now? Where does she go? She was a stupid girl: she went and offered herself, awkwardly, to someone who didn't want her. That's not stupid. The biggest pain in the world is feeling but sharper is the pain of the self.

5．通りは黒いです。あなたは長い間ファックしていません。あなたはあなたがどれほど信じられないくらい感じやすいかを忘れています。あなたは傷つきます。傷つきます傷つきます傷つきます傷つきます傷つきます。あなたは世界中で一番素敵な男に出会い、彼と恋におちます、そうです、そしてあなたは彼の家に入って行き彼の前に立ちます。危険を冒す少女。騒ぎを起こし、自分が感情を持っていることを忘れ、すごく長い間ファックされなかったので今ではナイーヴで馬鹿になってしまい、ファッキングがどんなものだったかまたはそれについてどうしたらいいかすら覚えていない少女。だからマヌケみたいに彼女はその男の前につっ立っているだけです――私はここよ。わかってる。私が欲しい？　いや、結構。彼女はそれをやりました。ほら彼女です。彼女は今度は何をするのでしょうか？　どこへ行くのでしょうか？　彼女は馬鹿な女の子でした。彼女は彼女を欲しくない相手にぎこちなく自分自身を差し出しました。それは馬鹿げたことではありません。世界最大の痛みは感情ですが、もっと鋭いのは自我の痛みです。

(doesn't exist→) سُول　soul
(存在しない)　　　　　魂

وُقت　fate
運命

۶. آیا گوشت تازه هَست ؟

6. Is there any fresh meat?
新鮮な肉はありますか？

۷. بلی خانُم ولی گوشتَت آز آن مالِ جانِی بِهتَر آست

7. Yes, Mrs, but your meat is better than Janey's.
はい、奥さん、でもあなたの肉はジェイニーのよりいいです。

۸. آیا وُقت هَست ؟

8. Is there any fate?
運命はありますか？

۹. بلی خانُم وُقتَت آز آن مالِ جانِی بِهتَر آست

9. Yes, Mrs, your fate is better than Janey's.
はい、奥さん、あなたの運命はジェイニーのよりいいです。

۱۰. هَمهٔ مَردُم راضی آند

10. "All the people are content."
「すべての人々は満足しています」

۱۱. جانِی راضی نیست

11. Janey is not content.
ジェイニーは満足していません。

12. کوچکترینِ عمارتِ این خیابان خانهٔ جانی است

12. The smallest building on this street is Janey's cunt. この通りの一番小さい建物はジェイニーのオマンコです。

13. این کارگرِ بزرگترینِ کارگرانِ ایران است

13. This worker is the biggest in Persia.
この労働者はペルシャで一番大きいです。

14. اکثریتِ مردم کارگر یا دهقان اند

14. Most people are workers or bums.
ほとんどの人々は労働者か浮浪者です。

15. خیابانها سیاه است

15. The streets are black.
通りは黒いです。

16. آیا گوشت تازه هست ؟

16. Is there any fresh meat ?
新鮮な肉はありますか？

• • • • • • • • • •

جانی دانستن　to know Janey

ジェイニーを知る

(Review what you've learned:)（今までに覚えたことの復習）

ا	ـا...	ʔ	alεf
ب	بـ...ـبـ...ـب	b	bε
پ	پـ...ـپـ...ـپ	p	pε
ت	تـ...ـتـ...ـت	t	tε
ث	ثـ...ـثـ...ـث	s	sε
ج	جـ...ـجـ...ـج	j	jim
چ	چـ...ـچـ...ـچ	c	cin
ح	حـ...ـحـ...ـح	h	hε hotti
خ	خـ...ـخـ...ـخ	x	xa
ر	...ـر	r	rε
س	سـ...ـسـ...ـس	s	sin
م	مـ...ـمـ...ـم	m	mim

ن	ن...نـ...نـ	n	nun
ی	ی...یـ...یـ	y	yɛ
(´)	ـَه......ـَ ...آ	a	fat-hɛ
(ا)	ا......ا......آ	a	alɛf
(ِ)	ـِه......ـِ ...اِ	ɛ	kasrɛ
(یَ)	یَ......ـَیـ......آیـ	ɛi	fat-hɛ, yɛ
(ی)	ی......یـ......ایـ	i	yɛ
(ُ)	ـو... ـُ... اُ	o	zammɛ
(وَ)	ـَو... ...ـَو...... آو	ou	fat-hɛ, vav
(و)	ـو......ـو......او	u	vav

بن "bn" بی "by"

تن body
体

بی without
〜なしで

آبی blue
青

بابا　father
父親

ببین　see!
見てください！

بابای من ببین　see my father!
私の父親を見てください！

بابای من وفات آست　my father is dead.
私の父親は死んでいます。

بابای من آبی آست　my father is blue.
私の父親は青いです。

این بابای من آست　this is my father.
これは私の父親です。

تن　body
体

تن من ببین　see my body!
私の体を見てください！

تن من خان آست　my body is life.
私の体は命です。

تن من تب است　my body is hot.
私の体は熱いです。

این تن من آست　this is my body.
これは私の体です。

خانه　cunt
おまんこ

خانهٔ مَن ٮٮٮں
see my cunt!
私のおまんこを見てください！

خانهٔ مَن بر آست
my cunt is empty.
私のおまんこは空っぽです。

خانهٔ مَن سُرخ آست
my cunt is red.
私のおまんこは赤いです。

این خانهٔ مَن آست
this is my cunt.
これは私のおまんこです。

• • • • • • • •

「男とヤリたくなると、気が狂いそうになるわ」ヘスターは心の中で呟く。「私を愛してくれる男なんていやしない。男にヤラレもせず、愛されもしなかったら、不幸に決まってる。でも、パールはどう？　ヤラなくたって、あの娘は幸せよ」

パールは四歳。この上なく野性的な子どもだ。ホーソーンが書く清教徒時代のニュー・イングランドの野性とは、邪悪な反社会的犯罪を意味する。野性。野性。野性。行きたい所へはどこへでも行き、やりたいことは何でもやる。考えをめぐらす前に。「どうしてラリッてたんだ？」と、ペルシャ人売春婦売買人にけさ聞かれた。ハイチのような「原始的」「野性的」社会にあっては、「どうして」という言葉は存在しない。ホーソーン氏によれば、パールはヒッピーのようななりをし、森の中を走りまわり、現実と夢の区別がつかない。概して彼女には物事の区別がつきかねるのだ。彼女は人間が存在することを知らない。時には、人間が存在していることを感じ取る。真上から、その身を壁のように圧迫している黒い垂直の霧を感じ取る。叫びたい。途方に暮れる。

あまり人々が好きではない。

ヘスターが自分の母親であることは認知している。ある存在を認知するとその人に寄り添い心を開くやさしくてとても傷つきやすいそれが野性的であるということだ。（こっそりと。）（密やかに。）なぜなら、ひとたび自分をそのように開いてしまったら、他人とはもはや切り離されていないのだから、あなたは実在する人物となる。危険だ。我が身に起こることはすべて自分が関わっている人々の上にも起こる。その人たちに起こることは自分にも起こる。だれかに向かって自分を開くということは、恐ろしいこと、危険なこと。選択は不可能だ。

パールが道からそれた所で生きているので、町の人々は彼女を邪悪と見なす。「大人になったら、どんな男もおまえみたいな女は真っ平だろうよ」と町の人々は言う。「道路は我々の文明である。それは、人が無秩序に与えた秩序であるからして、人々の生はより安全に、より安心できるものとなる。かようにして、我々は皆進歩できるのだ。人間の生活はますます向上する」

道路は過度に舗装され、広く、光まばゆく、ビッグマックとハワード・ジョンソンだらけで、人々が危険や現実に晒されるのは死ぬときだけだ。死だけが我々のステキでキレイなアイスクリームTV社会に残された唯一の現実だから、それを崇めた方がいい。SMセックス。パンク・ロック。わからないの？　あなたは雪の中に、荒海に、冷たい雪の中に踏み込んで行くことができるのよ。

危険の中に……

いつでも好きなときに……

私の中へ……

政府、多国籍大企業ビジネスマン、学者と教師、警官が、道路を保守している連中だ。科学者、哲学者、芸術家が道路を建設する連中だ。だれもが奴隷だ。

「だれに話したらいいの？」ヘスターが叫ぶ。

これらこの世で最重要人物とされている男たちが、母親を子どもから引き離すことを自分たちの義務と決めている。やつらは子どもを手元に置き、自分たちのポコチンを吸わせる訓練をする。それが教育の名で通っているものだ。「だれに話したらいいの？」ヘスターは叫ぶ。

ディムウィット牧師（若くハンサムな牧師）が手を挙げる。ディムウィット牧師は学校で一番良くできる。「ヘスターから子どもを取り上げるのはよしましょう」ポリ公どもがその理由を尋ねる。彼はニセの口実を考え出す。「子どもは女の罪の、目に明らかなる印、とすれば、子の存在がある限り、女は自らの罪をこの先ずっと忘れることはないでしょう。それでこそ、女が絶え間なく深まり行く罰を受けていることを、我々は確信できるではありませんか」何の感情も持たない警察のお偉いさんたちは、この卑劣な論理に同調する（論理的である限りは何でも受け入れる）。しかし、論理の道の建設者である邪悪なチリングワースは、なぜ牧師がヘスターを助けようとしているのかと不審に思う。この世で自分の知の及ばないものは何もないとチリングワースは自負している。わたしは完璧に自足している。だれの助言も仰がない。わたしの計略や操作は必ず功を奏する。チリングワースは、自分の心は閉ざしたままで、牧師の心にコソコソと入り込む。これが、このタコ社会における愛と友情だ。

　カップルというのは、愛する者一人プラス愛させる者一人。カップルたちが町の人々の世界を形成する。カップルの片割れでなければ存在しないも同然、だれも話しかけやしないのさこの社会のクズが。消え失せろこののけ者野郎。道の外へ出ろ。どこかに目標を定めて歩くんでもなければ、歩く場所なんてもうどこにもないんだよ。口を開かず非実在人物として慎ましくしといて、フリーク（今のおまえ）みたいな振る舞いをしなければ、たぶん二年後くらいにはおまえを見つけてやって、我々の神経についての諸問題を語って聞かせてやる。こちとら神経の問題は山ほど抱えてるんでね。でも、我々のパーティーのお招きにあずかるなんてことは期待しないでもらいたい。

私、ヘスターは、深まる霧の中で迷った赤い家です。私の片側はハッキリしています。赤です。もう一方はぼやけています。それが本物なのかどうか、定かではありません。かすかに光が見えますが、どこから差し込んで来るのか私にはもうわかりません。眼に触れないものはすべて消え去ります。真っ暗闇になるのではなく、すべてを覆い隠す暗い霧の中に消えるのです。霧は遠ざかる、彼方へ、彼方へと……

私の知人は皆、道の上に住んでいます。彼らは薄気味悪い、ゾッとするような、哀れっぽい生き物です。関わりたくない。ウエエ。みんな大っ嫌い。私は一人でも平気。自分を閉ざしてしまおう。だれもそばに近寄らせはすまい。私は道から外れていると思います。けれど私は恐怖と憎悪に支配されているのです。私はほかのあらゆる人々同様、閉鎖的で混乱しています。私は地獄。この世は地獄。「そうじゃないわ！」私は叫ぶ、でもわかってんのよ、そうなんだって。ヘル。ヘル。ヘル。ヘル。ヘルプ。助けて。助けて。愛して。

「この地獄の充満と拡充、紛れもない完全さ。故にそこには限界が現れ、我々が我々の心の秘密を意識する瞬間が明らかになるのだ」と、ディムウィット牧師がヘスターに言う。

仕事ができない。動けない。

ここにすわって彼からの連絡を待つこと以外、何もできない。

お聞きこのバケモノ、このうすのろ野郎（ディムウィット）。

あなたの唇の隙間、両腿のあいだに私自身を書き記したい。どうしたら会えるの。ドアも開けてくれないし、電話にも出ないし。つくづくゲスだと思います。

あなたをハメチンしたいの、ディムウィット。あなたのことよく知ってるワケじゃないし、私を近寄らせてくれないのはわかってる。私をどう思ってるのか、見当がつかない。一度だけフイに舌入れてキスして、そして知らんぷり。いろんな空想を描いてたわ。あなたが私と結婚するとか、捨てるとか、犯（や）るとか、昔のガールフレンドとよりを戻しちまうとか、無分別から救ってくれるとか。あなたが。私を。動詞。今では、この心の中にある唯一のイメージは、私のオマンコの中のあなたのチンポコだけです。それ以外何も考えられません。

長いあいだ一人でした。部屋に監禁され、出られない。この部屋にそれは長いこと閉じ込められてきたので、私の中に湧き上がってくる欲望はどんなものでも、ジャングルの巨大な飢えた野獣のように荒々しく獰猛で怪物めいて至る所を暴れまわっています。

私は人々に話しかける術を知らない。特にあなたに話をするのは難しい。私は恥辱にまみれ、恐れおののいています。たまらなくあなたが欲しいからなのよ、ディムウィット。私がちっとも愛想がなくて厄介な人間だから会いたくないんだわね。どうしたらうまく話せるの？　どうしたらあなたをもっと愛せて、望みをかなえて差し上げられるの？　あなたに話をする術を教えて。**欲求**。どうしようもなくあなたが欲しくて、あなたのポコチンがすごく恋しくて、あなたの唇をこの唇に感じたくて。それって自分勝手で傲慢なことなの？　欲望することはおぞましく、却下され、抑圧されなければならないことなの？

私に新語を教えて——

「ロックンロールはロックンロール」

「ロックンロールはロックンロール」

「夜は赤い」

「夜は赤い」

「通りにはだれもいない」

「通りにはだれもいない」

「街の子どもたちは狂ってる」

「街の子どもたちは狂ってる」

「ロックンロールはロックンロール」

「夜は赤い」

「通りにはだれもいない」

「街の子どもたちは狂ってる」

新語を教えて、ディムウィット。私にとって何か意味のある言語を。

やあ、ヘスター。ぼくと夕食に出かけないかい？

ディムウィット。

ホーソーンは言う。楽園は可能だと。

「ロックンロールはロックンロール」

「夜は私を包囲し、それは黒い」

「私の部屋からは通りなんか見えさえしない。だれもいないかどうかわかるワケがない」

「正気と狂気の区別なんかつくもんか。鍵をかけられた部屋に正気と狂気が存在すると思うの？　とにかく、子どもたちが存在するのかどうかももうわからない。たぶん彼らは時代遅れになっちゃったのよ」

子どもの頃、私は出来る限り遠くまで出かけ、跳ねまわり、両腕を振りまわしていた。星たちはきらめいている。風が体を吹き抜ける。私の手足は風。ゆっくりと、全宇宙が巨大な車輪のように回転を始める。この車輪はただのモノではない。それはすべてなのだ。すべてが表面の上にある。そのすべてというのは私。私は表面に過ぎない。表面は表面。

グルグル　グルグル　グルグルまわる。

田舎の太陽は熱い。雲がないときは、来る日も来る日も容赦なく照りつける。やがて風が吹きはじめる。風はやみ吹きはじめ毎秒風向きと風速を変える。一時間のうちに気温が十五度も上下する。カモメが波止場に舞い降りて、甲高く鳴き騒いだり、ホーホー言い合っているが、低い声なので何を言っているのかわからない。風が起こり、水から現れ出た波が、宵闇迫る波止場に打ち寄せる。

グルグル　グルグル　グルグルまわる。

ホーソーンは言う。楽園は開花する心であり、そして心になるのだと。

すべては夜起こる。

悪夢と夢の真っ只中で、

私は自分の欲求によって引き裂かれている、

もはやどう考えたらいいのかわからない。

私は深く傷つき怯える。この段階では、『緋文字』でも私の生活においても政治は消失しないが、それは私の身体の中で行なわれる。

　次の事柄を考察する必要がある。つまり、私は幼児期のトラウマからある種の特性を得てしまった。私は真の意味での両親を持たなかった。父親がだれなのか知らず、母親にはまったくかまってもらえなかった（私は育てられたのではなく、野草のように伸びただけだ）。私は嫉妬深い恋人からではなく、親から、特に父親からの情愛――愛と愛情らしきものが欲しい。

　私は野性的に育った。野性的なままでいたい。

　年上の男としては初めて性交した相手に拒絶された私は、幼年時代の自暴自棄な狂乱の只中に引き戻され、肉体的に病んだ。

　確かにこれらは特性なのだ。（自分の特性を満足させるため）したいことをするか、それに煩わされないかのどちらかだ。

　心のままに実行することは、自分がとことん傷つくから危ない。そこで私は他人にウソをつく。「一人でいるのが好き」「ヤリまくってるの」だけど私は、心底欲しいものを手に入れたい。これらは一時的な感情じゃない。私の特性だ。

「愛」というとき、私は単に自分の特性が生み出した要求を満足させるということを意味しているに過ぎないのだろうか。

　大幅に生活様式を変えなければならないのは明らかだ。私の必要に従ってそうしなければならないのだ。

鍵がかかった部屋でいつまでも奴隷として日を送っているわけにはいかない。これについてさらに考えてみなければ。

ディムウィット様
私は怯え、もう何も考えられません。あなたを幸せにするためなら何でも致します。私をファックするのがお嫌でも結構です。ガールフレンドの方々になさるように、一ヵ月に一度突っ込みたいというのでも結構です。私、何でも致します。そしたら、あなたと関わりを持ちつづけることができますもの。あなたに傷つけられることがこの上なく怖くても、あなたは私にとって最高に興味深い方だと思っております。

ディムウィット様
私から去ったのね。ここにはもういないのね。てめえのチンポでもしゃぶってろ。あんたなんかこっちから願い下げ。私になんて用がないんでしょ。傷ついちまった。バカみたい。

ヘスターは、自分の感情がどうであろうと、自分以外のだれかのために何かをしようとするとき、心の牢獄を破りはじめる。チリングワースはディムウィットを治療し気づかう振りをする一方、彼の魂に毒をたらし込む。ヘスター同様、ディムウィットは自分を嫌悪している。ヘスター同様、ディムウィットは何が起きているのか理解できないと意識している。ヘスターには、ディムウィットの頭がおかしくなっていき、日毎に深まる苦悶に責め苛まれているのがわかる。

だれかのために行動を起こすと、自分がこの世のあらゆる苦悩の根源であり、それゆえ自分だけがそれに対して何かできるのだという気になりだす。それでヘスターは、チリングワースの正体をディムウィットに言ってやるとチリングワースに告げる。チリングワースは、そんなことをしでかしたら、ディムウィットが私生児の父親だと言い触らし、ディムウィットは死ぬ羽目になるだろうと脅かす。

ロボットファッキング。機械的ファッキング。ロボット愛。機械的愛。金がさせる。金がさせる。機械的にさせる。所有習慣嫉妬プライバシーの欠如欲求欲求欲求。それしかあんたは思いつかないの？　私があんたを想ってるって言ってるそのときに？　少なくても、あんたがだれなのか知るチャンスをちょうだいよ。

これは嘆願。

ほら。ごく簡単なことよね。私はこの「A」を捨てる。でも私の肉体は狂ってゆく、夜が来る、すると私の肉体は狂ってゆく。中指をアソコに差し入れる、だめだめそんなことは助けにはならない、慰めはどこにあるの？　男の子を引っかけてもいい。男の子たちはキャンディよ。だめ、彼らは慰めにはならない。あなたが慰めなの、でもあなたは私の心の中にいる。あなたはまたしても私の特性だ。慰めが欲しい。あなたが本当はだれなのか、知りたい。

私の肉体は痛みを増し、やがて自分がだれなのか思い出す。ヘスターはディムウィットに、チリングワースは自分の夫で、あなたを憎悪していると告げる。ホーソーンによれば、ヘスターがこの行為に及ぶなり、そして彼女が我執を捨てはじめるなり（精神科医がクソなのは、我執にとらわれないよう手を貸すどころか、かえってそれにこだわるよう仕向けるといったことをやらかすからだ）、彼女とディムウィット、それに二人を取り巻く社会は、牢獄から自由の身へと変貌しはじめる。

やがてヘスターはまた自分の中に閉じこもる。私が身勝手なのはわかっているの。彼女はディムウィットを犯るつもりだ、ディムウィットをいつまでも自分のものにするつもりだ、空の月と星を手でつかみ取ってポケットにしまいこんでおく、無限に広がる世界の夢、太陽と月と星たちの夢。できる限り遠くへと。愛愛愛。欲求欲求欲求。これは私自身へのメッセージ。おまえは自分の欲望を追い求め、そしておまえの欲望は退屈だ。

ディムウィット様、私は知りたいのです。
ディムウィット様
計画をお話しします。二人でここから逃げ去り、末永く幸せに暮らすのです。好きな体位で好きなだけヤリまくれるようになるわ。港に海賊船が停泊していて、四日のうちに出帆する予定なの。私たちはその船の海賊になり、ペルシャへと航海するのです。ペルシャでは、だれもが自分のしたいことをしてるんですって。
　私、二度とあなたの自由を侵したりは致しません、ディムウィット。お好きなだけペルシャの女の子たちの顔の上にすわって、私をズッコンしなくなってもかまわない、一ヵ月に一度だけ私とトルココーヒーを飲み、ハッシュをやるだけでもかまわない。私がしたいことをしているのと同じだけ、あなたにもしたいことをしてほしい。あなたを死ぬほど愛したくてこんなにあなたを愛しているんです。よろしいかしら……

　昔あるところに物質至上主義社会がありまして、この物質主義の結果として生じたものの一つが「性革命」でした。この物質主義社会がセックスをありとあらゆる感情から分離させるのに成功してからというもの、女性の皆さんは、好きなだけ脚を開くことができるようになりました。なぜって、ファックすることなんてとォ〜っても簡単なこと、ロボットでいることなんかとォ〜っても簡単なこと、無感覚でいるのなんかとォ〜っても簡単なことだからです。アメリカのセックスはＳＭです。次なるはＳＭと隷属と監獄への賛美です。この社会に一人の女がおりました、彼女は
　自由、そして突如黒い夜が口を開け、
　飽かずオマンコしました、彼女は縄で縛り上げられ

上方へ、それは止まらない
しこたまムチ打たれ、メいっぱい両脚を開かされました
夜は果てしなく続くオープンスペース、
この女は、精神的にも肉体的にもひどく傷ついていました
不透明な黒ではないが、拡張する黒
オマンコすることが急務であったけれども、彼女はオマンコするのをやめました。
この女は、ぎっちりと縛り上げられていました。ある日一人の
興奮、そして新しい可能性
男が女にネジ込もうとしました。彼女は彼をどうしようもなく
意識、意識。
愛していたので、彼女は彼に触れることも開くことも
見つけることもさせませんでした、すべてはバカバカしく忌まわしく気ちがいじみて
わからないの？
裡には怒り苦痛痛み。いったい
ここに。愛に対するどんな渇望より、もっと遠くへ行こうとする可能性への
ロボトミーの子どもたちはどうしたらいい？　いったい
渇望よりもっと大切な、
生まれる以前からアシッドと鎮静剤と覚醒剤とヘロイン漬けに

できる限り遠くへ、遠くへと
された子どもたちは、放射能を帯びた雨の中を
自由の中でできる限り遠くへと
歩く子どもたちは、いったいどうしたら
自由の中でできる限り遠くへと
いい？　なぜ私はあなたをファックすることを恐れているのか
自由の中でできる限り遠くへと、
おしえてディムウィット。私は宇宙でひとりぼっち。
自由の中でできる限り遠くへと、
私はひとり。狂気と正気に区別なんてありゃしない。何が起こってるかなんてだれにもわかるもんか。

ディムウィット様、計画なんてありはしません。何が起こっているのか私にはわかりません。話し方もわかりません。あなたが好きです。

敬具

ヘスター様、あなたと逃げて海賊になどなりたくありません。自分の魂を救いたいだけです。

ディムウィット

ついにその時がやって来る。すべてが再び混沌と化し、狂乱状態に舞い戻る。もう秘密などない。ディムウィットは処刑台に、牢獄に、裁きの場にのぼる。苦悶の絶頂を極め、今しもオーガズムに達しそうになりながら。そしてぶちまける。ヘスターにブチ込んだのは私です。私こそが、皆さんが探しあぐねていた男です。**私は罪人です。**

『緋文字』は、私がペルシャ人売春婦売買人の部屋に監禁されて読んだなかでベストの本だ。だれもが読むべきだと思う。ここで結末を披露して楽しみを削ぐようなことはしない。作者のナサニエル・ホーソーンは、読者が自分の小説を読んで楽しんでくれればいいと思っていたと私は考える。彼は人々がそこから何かを学ぶものとは考えなかった。

ホーソーンは作家だ

作家は、自分自身の恐ろしい苦悶や血、メチャクチャにされた腸（はらわた）、おぞましい、混乱した内面ゆえに繰り広げられる行為の数々を創り出す。自分の内面と関われば関わるほど、一層充実した作品を創造できる。ある作家の本が好きなら、そいつの本を読めばいい。本は純粋な苦悩じゃない。もし作家を世に出したい、助けたいというのなら、事務的にすることだ。だが、その著作が気に入ったからその作者も好きになれるものと考えて、作家の個人生活に踏み入ってはいけない。作家の個人生活なんて、不快で孤独なものだ。作家はおかまだ。遠ざかっていた方が無難だ。ホーソーンは言った、私の生は苦悩に満ちている、しかしいつの日か、私は幸福になるのだ、すごく幸福になるのだ、たとえもう生きていなくても。苦悩からではなく歓喜から想像力が生まれる世界、男と女が再び愛し合い、再びキスを交わし、ハメ合うことができる世界が訪れるのだ（一人の女性が現れて私のためにこの世界を創る、たとえ私がもう生きていなくても）。

犯罪者には拒絶されるという苦悶が
そして依然として私は拒絶されつづけるだろう、なぜなら私は
自分の夢でのみ生きるのだから
このどうしようもない社会で夢想家でありつづける
人間たちは、不幸な犯罪者にちがいない、

孤独、至上のファック。

訳詩

数日か数ヵ月か数年か。ある時点でジェイニーはペルシャ人売春婦売買人に恋した。

ほかに感じられるものは何もなかったから。彼女は彼に詩を捧げずにはいられなかった。
彼女には詩作の方法がわからなかったので、高校で無理やり翻訳させられたラテン語
の詩人セクストゥス・プロペルティウスの思い出せる限りのゲロ文章を書き留めた。

愛の欲望

売買人は初めに彼の気色悪いで私を監禁した目
病んだないで以前は欲求。
それから私の強い彼は投げ捨て個性を
頭を埃の中に押しつけた愛の足元、
まで私に教えた健全な邪悪になるように、
彼を邪悪、そして持たずに計画を生きることを。
そして私のこの瞬間ずっと望んでいたこれが強くなり一年、
けれども自分の敵に私は無理に宇宙を持つ。

プシュケ、逃げずに労働過酷な日々、愛の
全能の狂暴彼女は戦った——
時々城の我を失い彼女は移動する廊下を彷徨い歩いた

だから彼女は獰猛な会っていた獣たちに――
肉体的に打ちのめされた。いっそうひどいことには――拒絶された
片隅で焼かれ彼女は激しく泣いた。
このやり方で目まぐるしく変化する彼女は少年を操った――
まったく逆に愛祈りそして耐え救い出す。
私の中でモノゴロイド欲望する知らないテクニックを、
覚えていない知られた、以前のように、道を行くことを。
あなたは引き降ろす知っているトリックを月を
そして行為を魔術的で神聖なすることを、
たった今ただ一つ私が欲望する心を振り向かせ彼をさせて考えに
死人のように真っ白になる私の唇を一層！
そうすればわたしは信じるだろうあなたが星と水のどちらも
できる言うのを支配する詩によって。

あなたは遅すぎてあきらめた私を真実を語った、友人たち、
ようにと平穏になるのを心が助けない。
断固としてどちらもナイフ私の肉欲燃え上がる私は受け入れるそして炎を、
ある限り自由いかなることも私の肉欲が言わんとする。

詩よ！　詩よ！
私を連れて行って
遥かな水路を抜けて
遥かな波を越えて
だれも道を知らないところへ。
あなたは安全、なぜなら神や幸運の導きで
渇き欲望そしていつも愛あなたは安全でいる。
私に逆らう**私の恋人**夜押さえつける不快な
決して終わらない苦悶求める愛。
おしえてやろう――悪を遠ざけるのだ。愛はすべての人間を
メチャメチャにし、いつだって危険だ。
もしおまえたちのだれも聞かないならこれらの言葉を
困りものだおまえは戻って来るだろう知り苦しみ私のおまえ自身が詩に。

死は愛の救済法

テセウスに捨てられたアリアドネが

無人の岸で死んだように、
恐ろしい緑色の海獣から逃げたアンドロメダが
鋭く尖った岩の上で眠るように、
果てしない飲酒、ドラッグ、セックスに溺れたバッコスの巫女が
芳しく柔らかな草の上でバッタリ倒れて死ぬように――
私は見る軽く呼吸する
売買人がそのひょこひょこ動く休めるのをその腕に頭を、
私は卑劣で残酷な引きずる私の酔った足を
そして外で夜、夜はすべてになる。

まだすっかり夢中ってわけじゃないが、
そっと彼のベッドを這い上がって
吸い上げて
だけど欲情すればするほど
酔いがまわっちゃって――
私の体はセックスと大酒の戦場だった。
ついに思い切って這わせ指を彼の二の腕に
キスし、彼の息を吸い込み私の両腕

だけどもし起こしてしまったら？　彼を傷つけることになるかも――
売買人がどれほど恐ろしくなるか私は知っている、
今まで会ったアラブ人全員みたいに癇癪起こして猛り狂う――
でも私は彼から離れられなかった
彼を見つめていなければならなかった
アルゴスが千の眼を
欲情したスケに釘付けにしておかなければならなくて
（彼女は美しい女性だったから）
死ぬことも眠ることもできなかったように。

私が髪からボタンをはずすように小さい花
私がペルシャ人売買人の頭にもたれているように
今もぎ取ったリンゴを私はあなたの手の中に置く
すべては感謝されることのない私は眠りを与えている
贈り物があなたの傾いた体から転げ落ち
数回私は呼吸しなければならない
私は止めようとする、私の息があなたに悪夢と恐怖もしくは
もっと悪いものをもたらす前兆になるのが

恐いから、
私からあなたを連れ去ってゆく悪夢を創り出してしまうのが恐いから。
窓方々に向く月走る前
月が明滅し明かりが世界を遅らせ
(ここに非現実)——
長い光線映し出したあなたの目を
そしてあなたは言ったあの柔らかい固定したベッドの上で両腕——
「おまえおれのベッドに戻って来るってのか、
来ておれを傷つけようってのはわかってんだぞ、
どっかの男に精液ぶっかけられて
拒絶されたからってよ。
どこで一晩過ごしたんだ?
(おれが死ぬまでは家に帰りたいなんて思わないんだろうしな)
おまえにこの夜毎の苦悶がわかったなら。
形勢が逆転してくれたなら!
ほんの数分前までおれは寝ないで待ってたんだ
テレビ観て
それから詩書いて

それからこう文句言って
おまえはおれ以外の奴だけ好きやがって
行き場がなくなったときしか家に帰ってきやがらなくて
ついに健忘症が襲ったあいつの腕おれを越えて、
忘却こそが苦悩を救済する唯一の方法」

病人

そこのてめえら黙りやがれ。
あたしゃ生きたいように生きていく。
あたいの何がほしいのさ。
肝臓かよ、血かよ、はらわたかよ。
狂気しかのこってねえっつんだよ。

てめえも自分を穴の中に追い込むんだ、
燃えさかる火の中、石炭の上を歩くんだ、
世界でいちばん苦しい毒を飲み下すんだ、
それが愛を求めるってことなんだ。

あたいのオトコは、ちょいとそこらにゃいませんぜ。
かれはあんたらを監禁する。
かれはあんたらを服従させる。
なんであんたら全員かれを求めるのかあたいは知ってる。

けど悪いことに、あたいの売買人サマが
なにかくだらない理由で
たまたまあんたらを好きになるなんてことがあったら
どうなるか？

そしたらあんたらハチャメチャさ、
もう眠れない。
目さえくっつけておかせちゃもらえないだろう。
かれ強制ただひとり拘束できる暴力狂暴。
なんどてめえは走るのか意気地なしに
てめえが以前軽蔑してた優柔不断な友だち連中に、
打ち震える悲嘆が震える涙とともに湧き出るだろう

イボとニキビとノミがあんたの皮膚の上に吹き出すだろう
すべてのあんたの願いは立ち消えとなり、言葉はなし、
自分がだれなのか二度とわからなくなるだろう。

ムスメよ、おまえはかれに仕え、かれの望みどおりのものになり、
かれにうっとうしいと思われたらいつでも消えることを学ぶんだ。
なぜ欲望だらけの人間どもが死にたがるのか、
なぜ全世界が偽りだらけなのか知るんだ。
おまえの金持ちの親たちは助けにゃならない、
なぜって「愛」は立身出世よりもパワフルだから。
けれどももし小さいものだったおまえが与えたおまえの失敗の歩み
そのような評判からなんと素早くおまえはつぶやきになることか！
ないあたいはそしたらあたいはできるだろう慰め耐えることがあなたに求めることを

なぜってあたいもビョーキだから。
この時点じゃあんたよりビョーキ。
あたいの病は永遠。
あたいは慰めを知らない。

あたいらどっちも狂人なんだから、
仲良くしよう。
あたいは生きたい。
あたいは燃えたい。
ただ、だれからもお返しに
愛されたくはない。

だけど生は贅沢だから

生気なしでやってくことが何の助けになるんだ、毛
薄いシルクをまとって動くしゃなりしゃなり、
なぜペルシャの木から香りをつけた腋の下ミルラ
あんたは売るこれらエキゾチックなあんた自身品物を
あんたの自然なそして自己捨てるとき芸術文化を？
ホント、ないあんたのそこには改善されていく姿
愛はトリックを使わないあからさまな。
愛はトリックを使わないあからさまな
愛はどこにも

愛はどこにも見つからない
羽が地面に落ちて来る。

ないこうしてカストルポイベ火をつける、
彼の兄がない働いて彼女の妹、
ない働いてイダス、そして欲情した不調和の源太陽へ
マルペッサついに実家を離れ
ないフリギア人いんちきで彼女は捕らえたギラギラ夫
異邦の車輪に引きずられ——
ではないそれらへ熱望始終男を操ることを——
彼らへ充分すぎるほど形態正直。
でもあんたは正直じゃない
だから私は怖い
あんたは私があんたと同じくらい
安っぽいと思ってる。
　愛は贅沢が大好き、
絡まり気持ちいいやり方で、

消え去らぬ夢があなたの日々に幸福をもたらしますように。

売買人サマに捧ぐ

あんたマジでキチガイか、ないのですかあなたあたしの愛は意味も何のにとって？
思うのですかあたしはよりも氷のように冷たいもっと冷感症だとイリュリア？
あなたにとってそんなに大切、どこのどいつか知らないが、のですかあの娘はらしい
ほど私なしで風に動かされて行きあなたはたい？
あなたにはますか聞こえ荒れ狂う海が橋の下で、
勇壮な？　硬く冷たい床の上でどうしたら眠れるかあなたにはますかわかり？
あなた、弱々しくて怖がりで、寒さと霜に耐えることが
ですかできるの、わずかの雪にも慣れていない？
せよ冬倍に至の長さを
死なせよなぜなら遅れた船乗りたちプレイアデス
一人もべからずおまえのからティレニア海を解く縄や泥
ないように不吉な私の捨て去らせ風を嘆願が！

だが、起こさせるな厳冬の死んだ風、

もしあなたが上を速い運び去るのなら波の船を
私から幽閉した上でこの人気(ひとけ)のないそして許す岸の
あなたは恐怖で固めた脅す手首を。

しかし何が起ころうとも何が私は、恐怖を、負うあなたに、
ガラテイアがあなたに幸運を運んで来ますように
たぶん航海セラウニアン絶壁オールで巧みな
入れよオリコス心鎮めて。
私だれもあなたから奪えないから
でも私は、人生、あなたの家の前で無情な小娘叫びつづけるだろう
かもしれない私はすべての船乗りに尋ねる通りかかる、
「おしえて、どの港にどの牢獄に私のあのひとはいるの？」
そして私は叫ぶ、「アトラシアンかもしれない彼が着いたのは岸に
あるいはヒラエイアかもしれない、彼はなのよ私の未来」

次の詩はジェイニーの自作

骰子(さいころ)の一擲(いってき)は断じて偶然を廃することはないだろう

なんもいらない
一人でいたい
骨の中にガンいらない

　通りのみなさん
　あたしと結婚したかない
　何が何やらサッパリわからん

こんなのやだやだ
愛が大事　友だちが大事
あたしのどこかでたぶんそう
自分の夢にゃ飽き飽きしたゼ

　妊娠　梅毒　心臓病
　通りのアホ全員あっち行け

PUKE
ゲロ
GOOGOO
バブバブ
YUM
おいちー
ME
あたし
N
IT
SHIT
クソ
FACE
SHIT
クソ
SHIT
クソバカ
ME
あたし

SHIT SMEARS ON MY HANDS I STINK I GOOGOO I STINK REAL GOOD I STINK WHEN I SMEAR SHIT ACROSS MY FACE LOTS I'M A OFFENDER END OF

あたしの手はクソでベチョベチョ　あたしはくさい　あたしはバブバブ　あたしはマジでくさい　あたしはくさい　あたしのかおにクソをたんまりこすりつけると　あたしは犯罪者　おしまいの

あたし me
あたし me
あたし me

who is this?

これってだれ？

FUCK YOU SHIT

PISS こんちくしょーのクソ ショーベン

興奮できることおしえて
大切なことおしえて
行き場はない
行きたいところなんかない
だれかを求めるたび
　それはただの夢
夢さえあればいい
そして夢ほどしょーがないもんはない

　妊娠　梅毒　心臓病
　通りのアホ全員あっち行け

No NO NO NO
No No
No No No No No
No No No No No
No No No No No
No No No No No
No No No No No
No No No No No
No No No No No
No No No No No
No No No No No
No No No No No
No No No No No
No No No No No
No No No No No
No No No No No

No No No No No
No No No No No
No No No No No
No No No No No
No No No No No
No No No No No
No No No No No
No No No No No
No No No No No
No No No No No
No No No No No
No No No No No
No No No No No
No No No No No
No No No No No
No No No No No

ああッおれのチンポコしゃぶってくれハニーおれのチンポコしゃぶってくれよ
それっきゃない
転がったり逆さまになったり
引っくり返ったりするおまえが好きなんだ

おれのために
おれだけのために
ああわかってる
おれってきっとオイシイんだろな

しゃぶれしゃぶれしゃぶれ
しゃぶれしゃぶれしゃぶれ
しゃぶれしゃぶれしゃぶれ

しゃぶれしゃぶれしゃぶれ
しゃぶれしゃぶれしゃぶれ
しゃぶれしゃぶれしゃぶれ
しゃぶれしゃぶれしゃぶれ
しゃぶれしゃぶれしゃぶれ
しゃぶれしゃぶれしゃぶれ
しゃぶれしゃぶれしゃぶれ
しゃぶれしゃぶれしゃぶれ
しゃぶれしゃぶれしゃぶれ
しゃぶれしゃぶれしゃぶれ
しゃぶれしゃぶれしゃぶれ

　　　　　　　　セックスはすてき

さてと、セックスしたことだしどこ行く？
生きる喜びがなくても、あなたは生きたいか？
灰色灰色どこもかしこも灰色
黒色黒色ナイフ

移動するわななきがあちこちの隅に潜んでいる
無の片隅
全員が廊下を歩く
かれらは自分たちが外側だと思っている。

あちこちの隅に潜んでいるのは
戦争や毒や嘘や汚物
暖かさにくるんであたしを眠らせてよ目を這わせる
これはあたしの子守歌——

生きるための心がなくてもあんたは
生きたいか?

今、星々があたしの頭を照らす
たった今、全世界が燃え上がればいい
だれも彼も何もかも死に絶えればいい
そしてそれからは別の世界が始まる、のではなく、別の世界になるのだ
というふうに聞いたけど

どうかしらね。
何もきかないで。わからない。痛いの。何かきいて。ほんとに痛むのよ。そうとしか
答えられない。
火が好き。
栄光が好き。
星が好き。
特に痛みに襲われてるときスピードを上げる電車でメいっぱい速く動くのが好き
彼方にイッちゃうまで動くのが好きそしてあたしはキチガイ
つまりあたしはもう考えられないつまりあたしはロボットつまりあたしはマヌケつま
り
あたしはゲスつまりあたしはバカ

これはあたしの夢のひとつ。
それはほかのものより頻繁に立ち現れるから不愉快だ。
お互いのために何ができるのか？
わからない。
最後にはわれわれはそこへ行く
ひとりきりで。

お互いのために何ができるのか？　われわれはその孤独から
戻って来て、こう言う
私はそこへ行き、見るべきものを見、そして姿を消した、別にどうってことない。

人生はどこまでもどこまでも孤独
どんな悪事が通りで起ころうと
貧困偽善強欲世界
美歓喜正直その他いろいろ
コインの表あるいは裏
唯一リアルな存在は、生と死の狭間のあの裂け目（一瞬）だけ。

興奮と危険と暗黒
あたしにはその感じがわかってて、ほんとうに幸せを
感じる、セックスや
愛や富よりも、あたしは危険が好き
継続的で不変な静かな危険。
結婚のようにそれは止まらない

全世界だけが現れそして消え
冒険が小さい狂気のしみをひょっこり
現す、長々と続く無——
あんたは自分がどこにいるのかわからない——

（ジェイニーの奴隷詩——
なぜあたしは生きてるの？
奴隷のままで？

あたしの奴隷義務一覧表——
（1）肉体的隷属——あたしは食べて屋根の下に住まなければならないので金が要る。また、あたしの体はセックスと贅沢な食べ物が好きなので、これらのためなら何でもする。
（2）精神的隷属——あたしは金以上のものが欲しい。あたしは部分的人間世界に住んでいるので、人にあたしに対して何かしら思ったり感じたりしてほしい。だからあたしは精神的‐肉体的、時間的そして空間的にある種のネットワークを張って、欲しいものを手に入れるように努めている。（金を稼ぐためにもネットワークを張っている。）これらのネットワークは、歴史と文化とそのようなものになり（うまくいけば）、あたしに背き、時間と空間を奪う。あたしに命令する。

あたしが知覚する世界、知覚するすべては、あたしの退屈な欲求の指標。ほかには何もない。あたしなんていっそ存在しない方がまし。

あたしは何も気にしちゃいないんだと思う。あたしのあらゆる感情は、それがどんなに情熱的であっても、あたしの欲求に基づいている。

だからあたしはこの時点でどうやって金を稼いだらいいかどうやって人々を極力あたしの人生から追い出せばいいか思案する。せめて数日おきくらいには心安らかに過ごし、眠るために。否定的になる以外、わけなんてない。

この奴隷世界と関わりのあるすべてのことに吐き気をもよおす。自分の感情や考え全部（物事を決定するために、それらは不安定な根拠――好み、欲望〔これはあたしがかつて崇拝していたもの〕、魅惑、概念的思考、インスピレーション等々――を頼みにする）には気分が悪くなるし、そのほかのものは何も見えないからあたしは死んでしまいたい。

もう自分の感情を賛美することすらやめた。そんなもの知ったことか。

売買人の部屋に監禁されて生きるのはたやすい。つまり、同じ感情、同じ思考、同じ肉体と四六時中付き合い、しばらく経つと、それがすべて自分の心の中にあることがわかる。自分が自分の心に引っついちまってるってわけだ。**奴隷奴隷奴隷。**

ただひとつあたしが欲しいもの、それは自由。言っとくけど、それがどういう意味なのかはわからない。安定した相手とか安定した何かに頼っていれば、あたしは幸せ。フランシス・ポンジュとちがって、あたしには外界が安定しているとは思えない。安定した相手とか安定した何かに頼れて（?）ほかのことはどうでもいいなら、あたしは幸せ。

抵抗する——人生にではなく、忘却に

抵抗する抵抗する抵抗する抵抗する
思考にではない、だが抵抗する

すべての苦痛のうめき声は抵抗の怒号
すべての苦痛のうめき声はロマンスの怒号
いかなる成功にも届かないところに追い立てられ
追い立てられだから自分の行為に制限はない

この果てしない飲食、飢え、移動は
意識喪失への願い

果てへ行く
あたかも彼方があるかのように

肉体の欲望を超えただの欲望へ、
何かのためというのではなく、ただ欲望のため
抵抗が生まれる
環境による貧困によって形成されるのではない
抵抗　**嘲笑**　**血**
（苦悶からまき散らされた幻覚ではなく——マラルメ）
もしこれが世界なら**抵抗**

は、全世界になる**抵抗**

世界は炎と化す——

燃えたぎる炎が自分で自分を
燃え上がらせる
血と恐怖と臓物
私が見る光景

これが私が見る苦悶の光景。
もはや苦悶の詳細を並べる必要もない
だれもが自分たちの見聞きすることを知っているから。

無を吠え立てる、吠え立てることを吠え立てる
壁に打ちつけられ砕け散る
何も起こらない、とマラルメは言う

嘘、偽りの破滅、だが
この場所で
　すべての現実が怒号となり
　去ってゆく場所で
何かが起こる――

食屍鬼

幽霊といったものもあることだし。死ですべてが終わるわけじゃない。
そして淡い黄色から克服し均一の明度脱出する彼らの墓。
ほら、ジェーンはベッドにのしかかっていた私の、
ちょうど埋められたばかりのブロードウェイの咆哮に近かったけれど、
ついに私が眠りかけたとき気づいた愛は
消え、私のベッドそして失意と痛みの新しい支配。
同じ彼女は持っていた墓へ持って行った毛を、

同じ眼――彼女の服の片側は焼けていた、
彼女がいつも指に嵌めていた指輪なめ尽くしそのサファイアを火が、
表面を死神の変えた黒に彼女の唇を汚らしい。
呼吸し生気そして彼女は発したこれらの言葉を――でも
親指の骨が彼女の手をガチガチいわせていた――

「この小汚いバケモノめ、おまえは娘だが一番の、
おまえはさっさと眠れるのだなぜ？
さっさとおまえは我々の命がけの犯罪を忘れてしまった――
そばで私のあの夜間のガタがきた窓の窃盗
それを通して倒れた私はおまえのところへ縄で吊るす何度
もう一方のヘビのようなおまえの首のまわりに手！
たびたび我々の真実の愛は公然と起こった――性器が合体した
熱くした皮膚は我々の通りを。
汝は愛‐協調汝は沈黙、その明らかにウソをつき約束
聞かず散り散りにしてしまったつんぼの風を！
どんな男も私を愛しちゃくれなかった、眼、死んでゆく――
もしあなたが私を愛してくれてたら、もう一日生きられたのに。

牧師でさえ私の葬式なんかクソくらえだもの、
なのにひびの入ったレンガがひとつ、私の死んだアタマに落っこちた。

「あんたが一番大切――葬式で悲しみに打ちひしがれてるあんたを見た人はいたか？

あんたの喪服を見た人はいたか？　あんたが泣いてるのを見た人はいたか？

葬式のためにすらこの街を離れるのがつらいなら、
私を乗せた霊柩車にもっとゆっくり走るように言うぐらいのことはしてくれてたって
よさそうなものを。

あんたがあたしを嫌いなのは知ってるけど、なんでこいつの墓の上に風が吹き荒れますようになんて祈ってくれちゃったの？

なんであたしの墓は香水の匂いがしなかったの？

なんで世界で一番高価なバラであたしの腐ってく死体を覆ってくれなかったの？

なんで世界中の牧師を呼んで、悪魔が霊安室で荒れ狂うのを鎮めようとはしてくれなかったの？

あんたってホント役立たず。あんたってバ～カ。これはあんたがすべきこと――」


次の詩は約二千年前に書かれたもので、当時の様子を伝えると同時に、今でも何も変わっちゃいないんだという証拠でもある。世界すなわち思想は、今でも腐っている。

「殺せリュダマスを――熱するのだなるまで白く短剣を――
私は見た、から毒ドロドロ白私が飲んだワイン、
ノナスこっそりごまかしたのだズル賢い売女味を――
わからせてやろう拷問で彼女がどれほどケチな人間か。
彼女は数日前までこの上なく安っぽい
　オマンコを売っていたが夜ごと
今では金と紫のガウンを着ておそれ多くも汚物をお踏みになり
私の使用人をこき使っている、
だから彼らは私の容姿を覚えているひまさえないそして
　呪う彼女をひまもない――
ただ私の動機はペタルは花を持ってきた私の墓に、
ピンを糞の上に鎖状に突き刺され老女が――
殴り倒されララージュはねじった吊るされている髪の毛で
名をなぜなら彼女は大胆にも私の言ったから。
あんたは淫売に焼かせるあたしの写真金の
フレームをあんたたち二人であたしの葬式から現なま手にしようと」
あたしの思考は始終あたしを傷つける。それは真実だから。

「あたしは追わないそれでもやはり、あんたはそうされて然るべきだけど売買人サマ
——
長くあたしのいた支配下にあなたは。
あたしは誓うあたしは、運命の女神にかけてだれも確保できないによっても、
死犬がだから吠えますように穏やかに、
あたしはあなたに誠実だった。もしあたしがウソをついているとしたら、この世で最
も恐ろしいヘビが墓に向かってあたしのシューシュー音を立て、横臥するだろう骨の
上に」
死の世界——
「川向こうに宝くじに当たって手に入れた汚らしい家が二軒ある
群衆が一方か他方に漕いで渡る水。
一方は——クリュタイムネストラの耽溺が引き寄せる、もしくはクレッサの——
偽の木のバケモノデカチンファックセックス」

これは死
(恐怖のほかにも何かが存在する)——
「見よ、他方は——花輪で飾られた部分が運び去られ捕らえられる光で船が、
水の中を素早く走り、翔び、愛撫する楽園のそよ風吹くところ

は、あなたの息が炎と炸裂する音楽血管眼
速く、オーガズムが昂まるように、破裂し深淵無限の大きさに、あたしは横たわる
　魔女に催眠術をかけられて。
　　あなたの一瞥でわかる、
あなたの息は私の息。

「愛することのできたアンドロメダとヒュペルムネストラが
自分たちの物語を話してくれる――

「私は無垢な少女でした。私に嫉妬していた母は、氷が張ったゴツゴツ尖った岩に私
の両腕を縛りつけ、あざだらけにして生きたまま放っておきました」
「父は私たち姉妹に、おまえたちの夫を殺せと言いました。私の中の何かがしぼみ、
嘔吐したのでできずにいたら、父はこのか細い膝のまわりに
　重い鎖をかけました」――
このようにして私たちは、死のような涙で人生の愛を癒すのだ。
「もう涙も枯れた。もはやあなたの罪も不実も見えない。
最後にひとつだけあなたにお願い

(少しでも私への愛が残っているなら)
(クロライドのコカインで凶悪になっていないなら)、

「(1) 乳母は震え、もう欲望はなし、年月は鉤爪
パルテニ――彼女は有能ではあったが強欲ではなかった、
彼女に悦びを与えてください、そして仕事が大好きだった私の乳母
彼女の鏡に見知らぬ愛人が映りませんように。

「(2) あんたがあたしの名でつくったどんな歌も
燃やしてしまって――名誉はもはやあたしのものにはならない。
(3) 墓標の上に優しくツルと絡み合うベリーが実るツタを置いてくれるだけでいい、
そして枝に覆われたイースト・リバー、ゴミがセメントに散乱するところ
決して、ロックフェラーに感謝、ない金が腐ることは、
(4) この墓碑銘書きなぐれどこかの壁の真ん中に
書きなぐれコカインで麻痺した超ドアホなビジネスマンでも読めるように――

ここに眠る黄金ジェイニー黄金シティ
その死体はあなたの黄金色の糧

二度と愛の夢に背を向けてはいけない
すべての存在には黄金色のきらめきがある

「我々が生と呼ぶもの、それは――
不安定な夜が我々を運び去る、夜は逃れる
　我々自身の監獄からすべての陰の魂が
彷徨う、ケルベロスがかんぬきを投げ捨てるから。

「我々が死と呼ぶもの、それは――
光が見えたら我々は皆ならない死の沼地へと帰ってゆかねば。
逃げ道はない――我々は運ばれて行く――船頭が荷を数える。
どんな愛や喜びや苦しみが息づいているとわかっていても、もうすぐひとりぼっち
あなたは私とともに死ぬ、そして私は骨をこすりつける骨と混じり合った愛」
こういった怒りや嫉妬や渇望の発作がすべておさまったあと、彼女は死んだ――
私たちのキスの合間にひっそりと去った私のあの陰。

ガン

ペルシャ人売春婦売買人は、そろそろジェイニーを街に出してもよい頃だと思った。ジェイニーは、不能の男を硬くし、フェラチオして肛門を舐め、じらしてみせ、男の欲求を的確に察し、安心させ、欲情させ、興奮させる術を体得した証拠に、実演してみせた。今や彼女は素晴らしい。だが、ペルシャ人売春婦売買人によれば、たったひとつマズイことがあった。ここに及んで、こいつがガンに罹っていることがわかったのだ。ガンに罹る、それは赤ん坊を孕むことに似ている。もしあなたが女で、赤貧だったり、男がまったく寄りつかなかったり、孤独で惨めでおびえていて完全にイッちゃってるので赤ん坊が授からないのなら、ガンに罹った方がよいだろう。あなたは塊を感じ、いたわる。常にそれが大きくなっていくのを感じながら。それはあなたに食らいつく。そして次第に、あなたは世のお母様方のように自分をいとおしむようになるのだ。

ジェイニーは自分をいとおしむようになっていた。すべてがオーガズムの真っ只中の火山のように肉体から吹き上げていた。これまで蓄積されてきた彼女の痛み、惨めさ、巷の犯罪、テロが出てきた。彼女は自分のどうしようもない状況に対してもはや無力ではなかった。この世の苦しみ相手に自らできることがあった——死ねるのだ。

ジェイニーは常に、未開の地がいかなる所であろうとも、グループの中で一番に探検に赴く人物だった。家族の中で真っ先に家族を憎悪したのは彼女だった。クラスで最初にハメチンした娘は彼女だった。クラスで最初に「いや」と言い、逃走したのも彼女だった。そして今、彼女はガンに罹った。

売春婦売買人はジェイニーを見捨てた。「お願いです、売買人様、戻って来て。あなたなしではハカナイ私。結婚してください」

気がふれたように部屋を歩きまわるジェイニー。

たまたま売買人が彼女のところにまちがい電話をかけてきた。

「結婚してください」

「ふざけんな。くだらない。おまえと結婚するにはわざわざアパートに戻らにゃならんだろうが。おれは戻らん」

ジェイニーはこれが最期と鉛筆の使い残りを手にし、「愛がほしい」と書き留めた。そして床に腹這いになった。埃っぽい遅い午後の太陽の光が西側の窓いっぱいに射し込んでいる。手首にカミソリの刃を突き刺して自殺することを思いめぐらした。

けどガンに罹っちまったんなら、わざわざ自殺する必要はないわけだ、と思った。サットン通りにあるアパートの裏階段をゆっくり降りて行くと、ジェイニーはそこに、パスポートとあの神秘の地タンジェ行きの支払い済みチケットを見つけた。

夜の果てへの旅

タンジェ

（タンジェ滞在中のジェイニーの日記からの抜粋）

今度ばかりは、相手の男に煙たがられても、とことん追いかけるつもり。

あたしはカフェ・タンジェにすわってタバコを吸っている。

「見ろよ」と友人のミカル。「ジャン・ジュネだ！」

ジャン・ジュネはゆっくり歩く。両手はポケットの中。見ているが何も見ていないようでもある。このカフェにじっと目を凝らしている。

立ち止まる。しばらく静止。彼はあたしの想像どおりだ。やがて半回転し、カフェ・フエンテスのカナッペに目をやるが、カフェ・セントラルを選ぶ。

彼に会わなければ。

ミカルに言うと、そんなことはよせと言われる。

「どうしてよ。不愉快な人なの？」

「他人に会いたがらないいし、きみとは話さない。世捨て人みたいに生きてるんだ。だれでもそう言ってるよ」

ジュネに会わなければ。簡単なことだ。世の中、そうしばしばこれほど簡単なことばかりじゃない。ジュネに話すのを拒まれたら立ち去ればいいだけなんだから、別に傷つくわけじゃない。あたしは、彼がカフェ・セントラルに腰を落ち着けて、少年に話しかけるのを眺める。

一時間経った。かすかに耳に入ってくる会話がとめどなく続く。あたしは片方の目をヤギや犬のように広場を群れ歩く人間たちに、もう片方をジュネの禿頭に注ぐ。彼が動く瞬間、あたしも動く。

あたしは近くの人に時間を尋ねる。

「三時」

友人に言う。「行ってみる」

彼が叫ぶ。「どうかしてるよ」

ジュネの方に向かって歩いていると、後ろから声がする。「ジュネみたいな有名な作家に、拒まれるにきまってる相手に飛びつくつもりか。いい加減、自分を抑えることをおぼえろよ」

ジュネは書いた。「孤独と貧苦とが、私を歩かせるのではなく飛翔させていた。私は極貧で、また多くの窃盗ですでに訴えられていたので、爪先で、息を殺してひっそりと部屋を出て行くとき、カーテンや壁掛けに開いた穴を持ち去ってはいないだろうかと、いまだに不安になる」

ジュネは歩いている。ゆっくりと彼に歩み寄る。ジュネはポケットに手を入れたまま、前方約一メートルのところで立ち止まる。わずかに体が揺れ、前に傾く。彼を凝視し過ぎているのが自分でもわかる。「ジュネさんですね」

相手はしばしためらう。あたしに気づいてはいるが、迷惑なのだ。「どなたです？」

一瞬、言葉が出ない。「作家です」

彼が右手を差し出す。「はじめまして（アンシャンテ）」

ヤッタ。シアギーヌを歩く途中、タンジェは好きかとジュネに尋ねる。

「まあね（サヴァ）」と彼は呟く。

「美しいと、世界で一番美しい街だと思いますか？」

「まさか。なぜそんなことを？」

「みんながそう言ってます」

「アジアには、もっと美しい街が沢山ありますよ」

カフェが立ち並ぶ広場からミンザホテルへと歩く二十分間、あたしたち——あたしとジャン・ジュネ——は、作家、執筆、出版に関する問題等を語り合う。「施設はごめんだ」と彼。ミンザの前まで来ると、彼はあたしに手を差し出し、付け加える。「いつも今頃になると昼寝するんです。明日、もしよかったらカフェ・エル・メナラで会いましょうか。午後二時頃は？」

今日はいつもの日と何ら変わりはない。それをちがうように感じてしまう理由が自分でもわからない。あたしはカフェ・エル・メナラにすわっている。彼は来るだろうか、来ないだろうか。あたしにとって、今日は前日。起こって欲しいことがまだ起こっていないから。

彼はゆっくりと白い埃の中を進む。昨日のように。あたしは手を上げる。彼の目が輝き、微笑む。あたしは立ち上がる。長いこと握手する。

彼は昨日よりも好意的だ。腰かけて、ミントティーを注文する。あたしも同じのを注文する。人々があたしのそばを通り過ぎ、消えて行く。だれかを探しているようなフリをして、行ったり来たりしている人たちもいる。大半は旅行者目当ての年若い乞食連中だ。

「なぜあなたの本が一冊もアラビア語に翻訳されていないのか不思議です」とあたし。

「さあ。だれからもそのことを頼まれたためしはない。いつの日か依頼されるかも知れないし、されないかも知れない。わたしの書くことが、そこまで彼らの興味をひくかどうかだね。個人的には、アラブ人はモラルの問題となると過敏になるものと思う」

「第一作は苦労されましたか？」

「いや、たいして。『花のノートルダム』の最初の五十ページは牢獄で書き上げました。だが別の牢獄に移されたとき、それはどうしたわけか置き去りにされてしまった。取り戻そうと手を尽くしたが、だめだった。それでわたしは毛布にくるまって、一気にその五十ページを書き直しました」

「執筆を始められたのは三十代になってからとお聞きしていますが、三十二、三でしょうか？」

「そうです」

「ここ数年、何も書いていらっしゃいませんね。文学上の沈黙と政治的立場の想定を執筆の一部とお考えなんですか？」

「文字通り、言いたいことをそのまま言ったまでです。たとえ何かそれに付け加えることがあったとしても、自分の中に秘めておく。それだけです。絶対的なイエスというものも、絶対的なノーというものもない。わたしはこうしてあなたとここで向かい合っているが、そうしないことも簡単にできるのだ」

少し経って、彼はタンジェの話をする。「フランスで、船で働いていた一人の若い船員と知り合いでした。トゥーロンの海軍軍法会議は、敵の手に武器か戦略か軍艦の図面を引き渡したある少尉を、タンジェに追放しました。裏切りは、その最良の状態において、全民衆、民衆の誇り、理念、指導者とそのスローガンに挑戦する行為なのです。新聞は、この海軍少尉が『裏切りへの嗜好から……』その行為に及んだと書き立てました。この記事の横には、大変美しい青年将校の写真が載っていました。若い船員はこの肖像に魅せられ、今でも肌身離さず持ち歩いています。心を奪われた彼は、流刑の運命を分かち合おうと決心しました。『タンジェへ行こう。俺は裏切り者たちの仲間に召し出され、同志となるのだ』」

あたしたちは、カフェ・エル・メナラにすわっている。あたしはジュネに、ニューヨークでの最後の数週間に起こった出来事を語る。

「カーター大統領は、アメリカ人社会の柱です。彼はもうすぐ五十三歳です。**長年**の悪習で**疲労困憊**、今や**ガイ骨**さながらです。彼は**ネズミ**の如く**毛むくじゃら**、背中から腰にかけては平べったく、**ケツ**ときたら、**小便のシミがにじんだ壁に垂れ下がる汚らしい二枚のボロ切れ**のようです。さんざん鞭打たれた**ケツ**の**皮**は**生気のかけらもなく**、**コネくりまわして****スライス**できるほどです。何も**感じはし**ないでしょう。カーター大統領の中央部は巨大な**穴**です。この**穴**の**直径**、**色**、**におい**は、**三週間掃除**されていない**ニュー**

ヨークの地下鉄の便器にそっくりです。それは私がかつてお目にかかったどんなケツの穴とも似ていません。カーター大統領はオカマの子豚なので、肛門のまわりに糞を八センチ積み上げたままにしています。そしてアザだらけでネバネバしてシワクチャの腹の下には、リチャード・ニクソンも思わずゲロ吐いたという乾燥アプリコットの種よろしくしなびたお粗末な一物、つまりポコチンがぶら下がっています。三十歳にしてカーター大統領は割礼したので、このアプリコットの種からは真っ赤なアタマが突き出しています。ブッ込もうとする男は全員割礼し、己のチンポコを切り落とすべきです。割礼すればブッ込む際、奴らのチンポコは清潔に保たれているハズです。カーター大統領は割礼したので、己のポコチンを、カス、干からびた緑色のションベン、糞の層で覆うことにより、一段と不潔にすることが可能です。カーター大統領はアタマもカラダも最低です。彼の好みときたらこれまたどーしようもなく、その臭気は人々を不快にします。政治家として、彼は実に多くの難点を抱えています。

「カーター大統領は、オーガズムに達するまで、実に三時間に及ぶ刺激を必要とします。しかもこの刺激は、変態的で残酷でサディスティックで果てしなく長ったらしい催し物で構成されていなくてはなりません。それでもなおかつ大抵の場合、それは効を奏しません。これら一連の催し物大会のエージェントが早々に逃走するか、気絶するか、死んでしまうからです。そうなった場合のカーター大統領の怒りは凄まじく、口からゴボゴボと泡を噴き出し、癲癇の発作を起こします。癲癇を起こして初めて、彼はオーガズムに達するのです。

「我々の大統領って、あらゆる気分に支配されている男なんですよね。気分は毎秒目まぐるしく変化し、自分でもコントロールできません。大統領がある気分に支配されているときは、それ以外のことを考えることも感じることもできません。この精神障害とアルコール中毒のため、彼は痴呆になりました。諸国の高官に向かって、白痴になった方がマシですよ〜んと言うのがお気に入りです。

「カーター大統領は頽廃的な男です。彼を個人的に知る人々は、彼が現在政治権力を手にしているのは、弁解の余地のない二、三の殺人のおかげだと確信しています。

「あたしは、ガンを引きずりながら通りを歩きまわっていました。

「金もなければ知り合いもいませんでした。自分を浮浪者だとは思わなかったけれど、残り物同然の人間たちとバワリー通りでブラブラ過ごしていました。

「ある晩、CBGBというロックンロール・クラブへフラフラと入って行きました。ライトはブンブンきらめきドラムはドンドン爆音をたて、床はズンズン鳴り響いていた。ビンビンは脚に伝わり、ブンブンは頭蓋に浸透した。肉体は真っ二つに分裂。あたしは新しい世界。弾む体。気がつくと中古の臭いボロとナイフで切り裂かれた革バンドを着けた白い虫どもの胴体がすぐそばを水平に動き、ヘビの進化の段階以前で取り残された虫みたいにのたうちまわっていた。この体をナイフで真っ二つにしてくれたら、あたしたちは再生する、ヌメヌメのサックスを手にしたへたばり過ぎてチンポコにバナナを突っ込むのもままならないシンガーは流れ去るすべてはベトベトで漠然とした曖昧な吐き気をもよおすはっきりしないスパイ小説だった現実は存在しないんだから何をする必要もあるもんかブンブンが現実だった、ヌルヌルブンブンネバネバ。

「テメーらなんかどうだっていいんだこちとらテメーの金が欲しいんじゃねー、皆様は私どもよりもお金がお有りです、私ども以上にいろいろと所有してらっしゃいます、皆様は私どもが皆様のお金を狙ったり皆々様をブッ殺したろーと企んでいるとお考えのようですが、そうではありません

「テメーらの金なんか要らねえ今現在朝の七時ですウチら全員アタマがイカレてありますす私どもは崖っぷちで生きていますす考え得る限りのありとあらゆる崖っぷちで生きているのですそして付け加えるならおれたちゃただのウンコたれ

「これは怒りではありません

「これは感情的なものではありません、崖っぷちで、ありとあらゆる崖っぷちでの生活なのです、いっそみんなまとめて憎んだろか。あんたらのお金は要らないのウチらの望みは

(1)時々ヤラレること
(2)人生において多少なりとも愛を手にすること
(3)診療代無料の病院に通えること

(4)一日に一回は毒の入っていない食事を選択できる権利を継続的に得ることです私どもは全員ドタマがイカレていますそして欲しいものがあるの。ほかに欲しいものがあるんです。ラブラブラブ。だからあたしらアタマがイカレているんです。

ああ　そうなの
　　愛は死への道

「あんたらこちとらみたいな生き方しちゃいないだろうからこんなことはまず理解できないだろうね。まあ似たり寄ったりの生き方なんだろうけど、なにせ痩せ薬と姦通コソコソ一分間性器の滴りと金への狂信とメディアと精神科医への熱愛と何でもかんでもありがたがってそういうのにすっかり頭を支配されてるからほかのことが全然見えなくなってんだ、あんたらは実のところカスであり、完全に気がフレたりヒステリックになったりせっかく築き上げた部屋を破壊することなく愛を受け入れる術すら知らない典型的な脳天気であり、私どもはちょうどそこのあなたのように、常に（習慣的にじゃなく）他者と異なろうとする術を知らないがためにパッパラパーになっているのです。我々はみんな似たり寄ったり我々はそろって純然たるキチガイです。

「これが現実というものの姿なのだ

次に、起こるべき必須項目を述べます。

(1)私は溢れるほどの愛が欲しい

(2)テメーらは自分を憎悪しててそれを充分承知なんだから有り金全部こっちによこせっての
(3)あらゆる権力システムは、娘どもに彼女らの正体を暴いてみせるロボットのカナスタ・プレイヤーが出現したとき自己破壊する。私はもう寝ることにします。おやすみなさい」

このメッセージは、北アメリカのチェース・マンハッタン銀行の出資による公共サービスです

「あたしは盲でだれにも気づかれたくなかったのでカウンターの下を這った。音楽がやんだ。何本もの脚が通り過ぎた。偶然そのうちの何本かに蹴られた。一回したたかに蹴られた。
「『ボクちゃんのことハメたいかね、このカスまんこ』とカーター大統領があたしに言いました。
「『あたしハメッコできないんです』
「『梅毒なのかね』
「『ガンなのヨ』
「『こりゃなんと』彼はあたしに腕をまわし、キスしてくれました。

あたしは不幸だった
ああ　そうなの
部屋の片隅でひっそりと息づいていた
やがて貴方がやって来て　思いッきり
　ヤリまくってくれた
もう二度と不幸にはならないわ

春はポコチンそれは硬い
ああ　そうなの
貴方は秘密のテロリスト
愛は死へと繋がる道だから

もう二度と不幸にはならないわ
一週間御無沙汰であなたの愛は
　消え去ろうとしているけれど
世界は爆発寸前
テロリストが身を隠す必要はもうない

ああ　そうなの　愛は死への道
ああ　そうなの

「アホらしい政治音楽なんてちっとも聞こえなかった。あたしはただその男に何度も何度もキスしたかっただけ。音楽はやかましすぎて歌詞なんて聞こえない。なにしろ音楽そのものが聴き取れないほどにバカでかい音を立てていた
だれも聴いてはいなかった
聴く以前の問題
バイブレーションそのものになって、自分と音楽が完全に同化してる。
「カーター大統領はただそこにいた、こういうふうにしか説明できません。自分の人生に何も招き寄せたくなかったので、彼に恋したりしたくはありませんでした。だけど彼ったらすっごく気持ちよ〜くヤッてくれてぶってくれるもんだから、のめり込んじゃうのはわかってたのよね。あたし、カーター大統領を避けるためなら何でもしました。あらゆることから手を引きました。ティーンエイジャーの不良と浮浪児で溢れ返るナイトクラブから遠ざかるのは難しかったものですが、そうしたんです。あたしはニューヨークの街を歩きまわりました。街は真っ黒でゴミだらけ。あたしはネコだったので、街を歩いたんじゃなくて歩きまわったんです。ネコは可愛がられるのを喜ぶけれど、監獄行

きは嫌っています。

「あたしの運転する車。大型高級キャデラック、小型のキュートなスポーツカー、グレーの車、赤い車、それぞれ個性を持っている。『くたばれブス』と大きな黒い車があたしに言いました。『ブルルーン　ブルルーン』『競争、競争』『プーッ　プーッ』なんて、車同士で言い合っているのでした。概して車はお互いが好きで、人間は嫌いです。あたしを好いてくれる車もありました。グレーの車は前部よりも後部が長く、前部はひどくぶつけられていたので、あたしに卑猥でよこしまなスマイルを送っているように見えました。長くツヤツヤしたライト・グリーンの車が口笛を吹き鳴らしました。『ホウホウ。**そいつ**を使ってちょいとかせげるぜェ』

「やがて車はいなくなり、二人の人間が通りかかりました。男たち。中年の男たち。歳は四十五か少し上といったところ。太鼓腹を抱え、お粗末なちんぽこから水滴を少々滴らせ、ウールの服を着て、口開けてました。通りはまたガランとしました。

「実際、いつもガランとしていた。それはあたしだった。あたしは分裂していた。

「タバコ吸いますか。タバコは細く、長く、火が点いています。タバコふかしたら。だれも逮捕なんかしませんよ。オマワリも無関心。金がなくたって、道に吸殻が落ちている。ウェイターにマッチもらえる。どうです、問題ないでしょう。問題ないことをやるのが一番です。クズで、おぞましく、孤独で、ひとりぼっちで、だれの邪魔もせず、欲しがらず、暗く、暗闇で。

「あたし、オナニーしてみたの。してみたの。

「これは秘密……だけを述べることのできる秘密文書です（それは秘密）。そこ、そこに入れて。運河のように暗くカーター大統領愛してる。オッとちがうんだよね。もう一度。愛しています。それを超えなければ。トンネルはあたしのコーマン。それは最初の障害。あたしゃあんたに首ったけ。行かないで。あなたの中にいたい、そこ、その大統領の右腕と脇腹の皮膚のあいだにいたい**ゲロゲロドロドロあたしはドロドロあたしはサイテー。ちがうあたしはホットな女**。そうだわかった**あたしは熱い**。ああ死ぬまで突きまくって。あたしの残りの人生、それは今すぐブチ込んでっていう意味。極力ハードに。

「わかったわ。あたしが感じてること、そのまま話してあげる。だってあんたってばなんも言わないんだもん。あたしゃなにも感じない。感じられるものなんかない。

「あたしはガンに罹りました。ガンはアタマがイカレた状態の肉体的な状態です。あたしはどうしようもなくメチャメチャ、つまり、この世／物事に対して歪んだ存在なのよ、だから、あたし自身に対して歪んでいるこのあたしは、苦痛なしには生きられない。やる事なす事うまくいかない。例外なくそう。あんたに愛してるって言ってほしいからこんなにもハチャメチャになっちまってんだって言ってんだよ、あたしゃ。

「あんたの正体は知っている。出て行って、カーター大統領。一人にして。

「あたしたちの関係は危機を迎えました。カーター大統領がワシントンへ戻らねばならなくなり、ともに寝る場所がなくなってしまったのです。あたしがホワイトハウスで寝るわけにもいかず、彼が道端で寝るわけにもいかなかったもんで。あたしの首と背中は大きな腫れ物に覆われていました。オマンコしてる最中、カーター大統領にブッてとお願いしたら、いいヨと言ってくれました。でも、ファックる場所はどこにもありませんでした。

「カーター大統領はファックる場所がないことなんか気にもかけなかったけど、あたしは気になりました。彼は、政治的崩壊の気配がすることの方が問題なのだと言いました。あたしは彼に申し渡さねばなりませんでした。

このタコちんぽ。出てけ。もうおしまい。おさらばするわ。苦しいときにはいつもあたしは出て行く。何かがおかしくなると必ずあたしは出て行く、

でも出てかなかったの。あたし、彼のそばを離れませんでした。

「あたしはテロリズムについて次のようなことを書きました。

「テロリズムは意識的でいることではない。テロリズムは、必然的に起こるべきことを起こらせているまでだ。テロリズムは、ポコチンや花のように首をもたげるようにできているものをそうさせているだけだ。極度の怒りと熱望。テロリズムとは率直ということ。あなたは子どもだ。あなただけが模倣しない。以上の理由により、テロリストは決して成長しない。

「テロリズムは健康への道。健康とは無限への渇望であり、あらゆる異形の滅びだ。健康は停滞ではない。渇望や滅びに対する抑圧ではない。束縛ではない。願望を持たないテロリストの唯一の願望は、束縛されないことだ。彼らの燃え盛り迸る情熱は無限だが、情熱は彼らではない。

「束縛なし。

「以上の理由において、テロリズムと健康は一線上にある。

「テロリズムは愉快。大きなゴールが目標だとすれば、それはゴールを持たない。だからあなたは日陰にとどまるのだ。テロリズムには沢山のゴールがある。生き方を限定される必要はない。物事や世界を信じる必要はない。どうこうする必要はないが、情熱、燃焼、消滅はテロリズムのなかにある。テロリストは何も信じず、かつすべてを信じる。真摯なテロリストは、毎回だれかを誘拐するたびに自分が何かを変革しているとは信じていない。

「この世で最も破壊的な力の一つは愛だ。その理由。世界とは目的の集塊、いや、結果そして結果を目的に近づけることの集塊だから、世界は停滞し発展のない澱んだ状態に至るのであり、すべては実体を欠いている。人は世の中と関わり合い、日常生活や日課を遂行する、金持ちでも貧乏でも正当でも不当でもかまいはしない、人は変わらないものが本物であると信じはじめるが、愛が姿を現すと、それはこれら永久に不変であるはずのあらゆる定着物を薄っぺらな紙切れに変える。愛はどんなものでもズタズタに切り裂いてしまえるのだ。

「**カーター大統領**、楽しくなんかないワ、つらいだけ。苦しみとは世界。駆け込んでいける場所なんてどこにもない。光と叫喚に溢れる輝きの中に踏み入って行きたい。ズコズコ奥までチンチン入れて。責め立てて。ぶって。とことんぶってくれたら、あたしあなたを離れません、何でも仰せのとおりにいたします。でなけりゃ逃げる。逃げられるときは必ず逃げちゃう。あなたは後ろからあたしの腰をとらえて絶え間なく肉棒を出し入れする。**ボンズコズコ**。あたしイキそう。チンコが動く、速くそして荒々しく。オマンコ痛い。背骨の底から頭のてっぺんへエネルギーが突き抜ける。肉棒が挿入されるたび、エネルギーの通り道が開かれる。グイグイ入れようとして、コントロールできなくなるあなた。あたしはもう達してしまった。意識と無意識の空間にさらされて。暗黒。もうイカないというようにもう痛くない。知らなかった、こんな絶頂があるなんて。あなたは動きを止める。肉棒が抜かれたとき、また達しはじめられるほどに鎮まってくる。徐々にあたしは達するのをやめる。

セックスなんかあっち行け。おまえなんか大嫌い。

おまえのおかげであたしゃゲロ吐いてゲボ吐いてまるでキチガイ。
もう沢山。
あんたあたしに一言も口きいちゃくれないじゃないの。
一体なに考えてんのよ。
あんたにここに、通りに来てとは頼まない。もうすべて変わったんだから。

「あらゆる欲望の形態は、それがどんなに小さいものであっても、確立された社会秩序に疑問を呈することができる。欲望は反社会的だというのではない。むしろその逆だ。しかしそれは爆発物であり、全社会階層を破壊することなく組み立てられる欲望機械は存在しない。

「ハロー、あたくし、エリカ・ジョングです。皆さん全員があたくしの小説『飛ぶのが怖い』を御愛読くださいました。そこでは皆さんが生きた人々に出会ったからですね。愛し、苦しみ、そして生きた人々。あたくしの小説の登場人物は、みな現実に生きている人々です。だからこそ、皆さんが楽しめたんです。あたくしの新刊『上手にくたばるには』の登場人物は前作と同じです。新しい人物が二人登場しますよ。あなたとあたくしです。あたくしたちは皆、本物です。さようなら。

「ハロー、あたくし、エリカ・ジョングです。あたくしはモノホンの小説家です。あたくしは、アメリカン・ライフの苦悩、つまり、皆さんに語りかける作品を書いております。あたくしたちの多くを襲う募るばかりの痛みについて、あたくしたちの苦しみ、あたくしたちの国における人の生はますます醜悪で耐え難いものになっており、あたくしたちを狂人に仕立てあげています。なぜなら、狂気と死だけが監獄から出るための唯一の扉だからです。少数の金持ちは別ですが、彼らでさえも自身であり続けるために演技を強要され、己の仮面、生き方に悶え苦しむ囚人たちなのです。皆さんは、深酒、セックス、コカイン、美食などが出口だとお思いですか？　せいぜい一時的な忘却です。あたくしたちには完全な忘却が必要なのです。何言ってたんでしたっけ。ア、そうそう、あたくしの名前はエリカ・ジョングですセックスするくらいなら赤ん坊になった方がマシだわよ。オギャーオギャーとでも言って、オギャーオギャーとでも書いた方がマシなのよ。あたくしはむしろこう書きたい。ファックユーのオマンコババアそれがあたくしてめえの金なんかクソくらえもうあんたたちになんか迎合するもんかあたくしは出て行くあたくしは出て行くんだ服を引きちぎる皮膚を引き裂く痛い痛みアア痛めつけてこの時点じゃ痛みはグッドわかる？この時点での痛みはグッドなのよ。あたくしエリカ・ジョングキャッホッホーあたくしはエリカ・ジョングあたくしがエリカ・ジョングですあたくしがヤレッてんだよこのバケモノだれがオーストラリアに行くんだって置き去りにするのねひとりぼっちにして置いてくのねセックスもしないであたくしはセックスにのめり込んでし

まったのよそして今あたくしは

「あたくしの名前はエリカ・ジョングです。もし神というものが存在するなら、神とは分裂と狂気のことです。

敬具

Erica Jong

「あたしは彼女。彼女、ジェイニー。くそったれ、ジェイニー、くそったれ。カーター大統領のことをあたしに説明してくれる人がいてうれしいです。なんであたしがこんなもの書いてんのかって? あたしが読むからじゃん。いっそのことすべて自分で引き受けた方がいいのよ。『あたし』? 『すべて』?

「ジェイニーはカーター大統領が欲しい。カーター大統領はジェイニーを欲しいかも知れないしそうでないかも知れない。実際カーター大統領はジェイニーが欲しいが、ジェイニーはカーター大統領が自分を欲しがっていないと思いたい。自分の欲望を反映していない状況（ジェイニーはどんな状況にも対処できないんだが）に対処するのは、ジェイニーにとってさらに難しいことだから。ジェイニーはあたしではない。一体、二人のうちのどっちが本当のあたしなんだろう。

「ジェイニーには顔を突き合わせる連中が多すぎる。ジェイニーにボーイフレンドができたので、腐るほど多くの連中を知るようになった人間が多過ぎるボーイフレンドのせいで連中に話しかけなくちゃならない。

「人は要求そのものだ。一種独特の穴のようなものが、ジェイニーに一定のエネルギーを要求する。自分が他人を傷つけはしないかという恐怖心を抱いているジェイニーは、他人を恐れている。だから？　各人に正しい種類のエネルギーを配分するため、多大なエネルギーを消費しなければならない。

「夜も更ける頃には、彼女は疲れ果てる。

「カーター大統領はあたしを捨てました。それに気づくまで三日かかりました。あたしは彼に手紙をしたためました。

「会ってないときあんたが何をしようと勝手だけど、云々、あたしがあんたに会おうと必死のとき、数分のうちにあんたは出て行くか、でなけりゃ人が大勢いたりすんのよ、そんでやっと二人きりになる頃には、あたしが眠ってるかあんたが酔っぱらってるかじゃない。だから二人きりになれんのはちょっとしかなくて、話し合ったりお互いについて知ることも、いっそう仲のいい（または悪い）友人同士になることもないんだわよ。

「お互い自分たちの性癖について話さなきゃならないと思う。状況は少しヘンになってきてるし、あたし、混乱しそうなの。そりゃあたしはかなり変わってるし、付き合いづらい人間なのはわかってる。でも、あたしほんとに困惑してんのよね。話しかけてもこなけりゃチンチン入れてもこないのにあたしにいてほしいなんて。

「あなたは去った。もはやこの世に愛はない。これ以上心の中だけであなたに付き合ってなんかいられない。たとえあなたがアメリカ大統領でも、二度と再びその胸に飛び込んだりしないわ。あなたがいなくなる前にも、あなたがあたしを支配してて、いずれ去っていくのはわかってた。未来はあたしたちを幽霊に変えた、そう感じたのよ。傷ついた。傷ついてしまった。こうなったら、あたしが裁き、咎め、地獄が顕現するか、もしくは裁かずにすべてが丸くおさまるかだわ。完全なる失意の時かあるいは狂気の時か。インテリや労働組合や世界産業労働者組合の連中なんかが成功しなかったことに頭のイカレた人間たちが成功するなんて考えるのはとんでもないことだけど、そうなると思う。

「あなたにいつまでもお話ししていたいの、大統領閣下。あなたはあたしの家、でも今あなたは去り、あたしは居場所を失いました。いっそどこにも居場所なんてない方がいいのよ。アメリカ人はこぞって居場所を求める——停滞したイメージ。あたしの行動や感じ方はどれもあなたを捕らえるためのものみたいに見えただろうけど、ぜんぶ戦術なんだから」

カフェ・ザゴラのアーチの向こうに、遠くのアトラス山脈の稜線が白い空に溶け込んでいるあたりの白い一帯が見える。長大な壁面の上にまた別の長大な壁面がそそり立つ。ジュネに、パスポートを持っているかと訊かれる。

なぜパスポートが要るの？

彼は、あたしが旅行できるかどうか知りたいのだ。

タンジェへは非合法に入ったと説明する。旅行はできないと思う。

ジュネはタンジェを去るつもりだ。あたしに同行してほしいらしい。

あたしは、長いこと味わったことのないほどの興奮をおぼえる。「あたしモロッコ人で通るくらい浅黒いから、モロッコ人パスポートを手に入れるの、手伝って」


行政関係の建物の中で、ボロをまとい、死人のような顔をした人々が長い列を作っている。一人の骸骨が陰気なオフィスから走り出て来て、全員に向かって叫ぶ。こいつの態度はイチイチ臆病で動揺し、意地が悪い。ジュネが歩み寄り、話をする。戻って来て言う。「一時間後に出直して来いということだ」

一時間後、役所は暗く、耐え難く、一段と混んでいる。骸骨役人は、哀れな人々をどなりつけ、列に押し込んでいる。一人また一人と哀れな人々は去って行く。どうしたらパスポートを手に入れられるのだろう。政府の骸骨役人は、相変わらず哀れな人々——足を引きずった虚ろなボロ切れたち——をどなりつけている。彼らはすでにここにはいないというのに。ジュネがあたしに小声で言う。「奴はブタだ、畜生だ、人々を侮辱し、小突きまわしている！」

相変わらず骸骨ブタは、パスポートと引換えの金をきっちり払わなかったらブチ込んでやるとまくし立てている。もうだれもいないのに。やがて建物に鍵がかけられると、骸骨ブタはジュネに向かって、この人がちゃんとした書類を持っているのならパスポートを取得できると言う。

霧雨が通りの砂を横撫でしている。「奴は書類なんか要求してやしない、札束が欲しいのさ」

あたしは口をつぐむ。二人で大通りを三十分ほど歩く。それからジュネは新聞と雑誌をそれぞれ数種類買って、ホテルに戻る。

今日、パスポートを手に入れた。政府の役人を知っているある友人を捜し出し、金を渡したのだ。ジュネはホテルの自室でささやかなパーティーを開いている。あたしはジュネの向かい側に立っている。

「どうしてまたあの娘を連れて行くのかね」ジュネの友人で有名な年配の男が、あたしを指差して尋ねる。

「ああ、彼女、わたしのところで働いてくれているんだ。庭師なんだよ」

まったく大笑いだ。ジュネは家も庭も持ってやしない。

「きみの使用人ってわけだ」

一呼吸おいてジュネが答える。「誤解を招きたくはなかったんだが、どんな人間に対しても使用人と思うようなことはない」

　奇妙な男は微笑む。あたしはこの世で受け入れられている。あたしはジュネと握手する。

　少しして、先ほどの男がどこへ行くつもりなのかとジュネに尋ねる。

「わからない。アメリカに行けないのは明らかだがね。あの国の政府は二度と私を入国させてはくれまい。同じ理由でソ連も無理だ」


『泥棒日記』の中で、ジュネはこう書いている。


　一連の映画や小説のせいで、タンジェは恐るべき場所、ギャンブラーどもが世界中の軍隊の秘密計画を売り買いするいかがわしい場所ということになっていた。アメリカの沿岸から眺めると、タンジェは私にとって素晴らしい都市に思えた。それは裏切りの象徴そのものだった。

　私の知り合ったビッグ・メン。感情を持ち合わせず、私を傷つけた男たち、愛情をかけておいて、私が手を伸ばすや踏みつけにした男たち、眼の前で巨根を振っておきながら、触らせてくれと懇願するとせせら笑った男たち、**共謀を必要とする裏切り者よファシストよ**、この素晴らしい街に住むおまえたち全員。私はおまえたちを崇拝する。おまえたち以外とはヤレない。それはおまえたちの男根ではない、それは、人が道を歩くのと同じくらいに易々と実行され、混乱を引き起こすおまえたちの巧みな不正、企み、虚偽なのだ。私はこれを**冒険**と呼ぼう。それ以外はすべて死だ。おまえたちのだれかとともにいるとき、私は生を得る。あとのことなどかまいはしないのだ。シーツのあいだに少年を招き入れることを、私は**セックス**とは呼ばない。年若い、あるいは品のいい少年たちに惹かれることはめったにない。飽きるのがわかっているからだ。私はおまえの生の感触、裏切りと危険によって出来上がった複雑さが欲しい――私は、自分を痛めつけてくれる男たちが好きだ。私はいつも自分が見えているわけではないから。自分のエゴを切り刻む。私はぶたれ、痛めつけられ、もてあそばれるのが好きだ。この**セックス**――私が**セックス**と呼んでいるもの――は、私の人生を手引きしてくれる。裏切り者、変質者、クズ、精神分裂病患者のこのセックスが存在することを、私は知っている。彼らこそが私の求める男たちなのだ。

エジプトで、終局

ジュネはジェイニーとともに、北アフリカの旅に出る。ラバトを通過し、内陸を横断してフェズからウジダ、オアシスの街トレムセンへ、真北に向かってオラン、そして夏の到来と同時にアルジェリアの沿岸に沿ってアルジェとブジーを抜け、神秘の都市コンスタンチーヌへ。

　コンスタンチーヌで、ジュネはジェイニーに、アラブ女性が身につけている二枚重ねの黒いドレスを着せる。長さ四メートルもあるドレスをまず頭にかけ、ベルトを真似てウェストに巻きつけ、ベルトのところで引き上げる。すると三枚のスカートがベルトから地面に垂れ下がる。女たちは二つの覗き穴から外を見る。

　ここからさらにジュネとジェイニーは、埃だらけの道に沿って旅をする。名もないような小さい村々を抜けトリポリへ、そして海岸に沿ってアゲイラを抜け、デルナを抜け、トブルクを抜ける。アレクサンドリアに着くまでは極力急ぎ足で。

第一幕

アレクサンドリアの淫売屋。アラブ人区域にある女の家はどれも言わば淫売屋のようなものだが、ここの女たちは外国人に奉仕しているため、これは特に淫売屋と言える。アレクサンドリアでは女性の地位は低く、ここの女たちはそのまた最低だ。女たちには階級闘争もなければ左翼運動も右翼テロもない。男たち全員がファシストだから。男どもは金を独占する。男は歩く金塊だ。

　部屋は金色に彩られ、分厚いタペストリーが床に敷かれている。木製の小テーブルに置かれた、外側に葉と枝の装飾が施された大きな銀の樽の中には、香と蜜が入っている。場面は、二人の淫売が仕事の話をしているところ。明らかに淫売たちは、ほとんどの人間をイメージとして捉えている。セックスは二つの存在の何の介入もない出会いであり、最もフェイクなものだ。

この場面の終わり近く、不具で酔っぱらいでロボトミーの変人が淫売屋に入って来る。こいつは男なので、淫売たちを支配している。

ジェイニーが独り言を言う――ジュネは女になる術をわかっちゃいない。泣き言さえ言えば女になれると思ってるんだから。それ以上のことをする必要があんのよ。床に膝ついて、毎分休まず精神的に這いずりまわらなくちゃならない。恋人が欲しいなら、ほんの一瞬でも一人きりでいるのが嫌で、どうしようもなく欲情し、己のクリトリスの先っちょがヤマアラシの針毛に突き刺さったみたいな感じになってるんなら、死骸の如く密やかに、慎み深く、恋人の心の裡を完璧に読み取り、恋人の望んでることを毎秒探り当てなきゃならないのよ。奴隷ってんじゃない。女は単なる奴隷なんじゃない。男どもがそうあってほしいと願う対象。女たちは男どもによって仕立て上げられ、創り出される。男なしでは意味のない存在。

あたし自身の孤独から、この世界がどういうものなのか探り当てなければ。

第二幕

ジェイニーはジュネが滞在する高級ホテルの外の埃の中に横たわり、ロックスターたちをハメまくる夢を見ている。最初に登場するのは、ニューヨークの路上で生活していた頃に出会ったジェームス・フロッグフェイスだ。二人は広い部屋に佇んで手を握り合っている。また二人は、真っ暗なロックンロール・クラブ（CBGB）にいる。一緒に二ブロック歩いて彼の家へ行く。ジェイニーは自分が相手にとってイケてる女だと思っていなかったし、相手は自分の好みにゃ若すぎると思っていたので、ジェームスと帰途についているのを意外に思う。これだけじゃない、彼女は今ジェームスにキスし両手は背中を撫でまわし欲情し熱くなり震えに襲われ湯気を立てんばかりギャー！　ベッドに沈むと脚を開くウウ〜ン両腕を痩せたその肩に絡ませる。気分はサイコー。不思議でもちょっといい感じでも宙に浮いた感じでもない。ストレートに最高だ。ズコズコ責めてくる。やつは好きモノ。ヘタに考えてたりすると台無しになっちゃうぜ。イイわイイわ。夜にCBGBで会うとき、彼の黒い薄手のサメ革のパンツの上からその太腿を撫でる。そうしてもかまわないってわかってたから。

次に、フロッグフェイスよりもっと有名な人物をファックしている夢を見る。一段と激しい震えが神経を走る――思考の喪失、信頼。信頼は思考の喪失だ。ジェイニーとブロンドのロックンローラーは激しく愛し合っている。目を覚ますと、相手がだれだったのか、セックスはどんな感じだったのか、とんと思い出せない。彼女は自分を持て余す。

ジュネが部屋に入って来て、おまえはどうしようもなく醜いとジェイニーを罵倒する。口やかましいから、だれも話したがらない。ユダヤ人かあちゃん豚の中でも最悪のタイプだ。低俗で無遠慮で、そういうところがヨーロッパ人、特にフランス人男性がアメリカ人を嫌う点だ。ヒエラルキーとは（相手がアメリカ人なので、ジュネは社会の仕組みを説明してやらねばならない）——

裕福な男性

貧乏な男性

母親

美女

淫売

貧乏な女性と新女性のあばずれのクズ

ジェイニー

そしてジェイニーを蹴りつけながら言う。もっともっと落ちぶれろ、這いつくばれ、そこだクソの中にだ、思い知れ。極地に立て。決着をつけるために。ジェイニーちゃんにはまだ自負がある。すべてを吐き出せ。はらわたを抜き取れ。

ちょうどそのとき、ジュネの秘書が駆け寄って来て、コートを脱ぐのを手伝う。「ありがとう、マナマ」ジュネが丁寧に言う。「記者連中に一日中追いまわされてね。片っ端から握手して、何度もスマイル。クタクタだよ」

少しずつ、ジェイニーはジュネがいかに素晴らしい人間であるか理解しはじめる。彼に夢中になりすぎて、彼を創り上げてしまっている。真実と虚偽、記憶、知覚、幻想。それらはすべて、彼‐彼女というこの渦の中のオモチャだ。彼女は自分の未来を予言する。

私の未来——ジュネに唾を吐きかけられ、蹴りつけられる。彼の望むものに近づこうとすればするほど、蔑まれる。ついに、この黒いウールのフードとドレスだけでは不十分なのだと悟る。もしジュネにろくでなしと思われているのなら、姿を現さないよう慎まなければならない。彼についてまわるとき、影のように壁に隠れる。密かに彼の汚れたパンツを洗う。彼の不機嫌や憎悪を引き受ける。

「先生には、偉大な作家でいていただかなくては」マナマがホテルの部屋でジュネに言う。

「ああ。肝心なのは、わたしがベストの作家であることだ。書くことは素晴らしいこと、素晴らしい教師だ」

「何も御心配には及びません。私と、その汚らしいところを這いまわっている根性曲がり……」

「ジェイニー……」

「……が、あとはすべてお引き受けしますから」マナマは笑い転げる。

第三幕

アレクサンドリアの南の地方は、広大で乾いていて果てしない。ラクダの糞と小石が砂に食い込んでいる。ジェイニーはこの広漠たる砂地の境にある富豪の農園で働いている。

ボス （大男で広い肩、でかい足。柔和なアメリカ人宣教師のような口調）タオルはどこだ。（エジプト人〔奴隷〕労働者たちは頭が鈍いらしい）なんて国だ。不潔だ。実に不潔だ。タオルも持ってやしない。風呂にも入らないんだろうが。

ジェイニー だれとですか、御主人様。

ボス （エジプト人労働者のサヒーフに。サヒーフは背が高く、痩せていてヴードゥーマンのようだ）あいつらを黙らせんか。（サヒーフは奴隷頭）

サヒーフ 大変申し訳ございません、ドデカソーセージ様。どうかお怒りにならないで下さいまし。私どもは子どもも同然なんでございます。

ボス いっぱしの大人になってもいい頃だがな。おまえらノラリクラリしとるから、今のところから一歩も動けないんだ。一生懸命働いとらんじゃないか。

ジェイニー （誇りをもって）一生懸命働きます。一生懸命働いて、ここから出て行きます。

ボス なんでおまえらはここから出て行きたがるんだ？ モノを考えるってことができるのか？ 感じるってことができるのか？ 言ってみろ、人生とは何だ？ おまえらときたら、食べて寝るだけじゃないか。

サヒーフ あいつがヘンなのにはワケがございましてね（ズボンからタバコを一本取り

出す)。タバコ吸ってもいいっスか? ボスがいなさるときだけ、タバコ吸うことにしておりますんで。あとは休まず労働に励んでます。たとえオレはケモノでも。オレはここじゃ稼ぎ頭でさ。

ジェイニー　(毅然として)あたしが嫌なのは……

サヒーフ　(さえぎって)口きいていいとは言わなかったぞ。

ジェイニー　言ったわ。あんたたちみんな。あんたたちったら、あたしが無能でそして……

サヒーフ　こいつ、泣くことしか能がないんで、ドデカソーセージ様。追い出した方が無難ですぜ。オレたちはケモノかも知らんが、少なくたってやたらと感情を表に出さないでおくくらいのことは心得てますからね。女どもはケモノ以下ですよ、ドデカソーセージ様。オレたちのように、現状を把握できないんですから。

ジェイニー　この二千年という歳月、あんたたちは図々しくもあたしたち女に向かって「オンナとは」なんぞと講釈垂れてきたわけよ。あたしたちはあんたたちの言葉を使い、あんたたちの食い物を食らう。金を手に入れるにゃ犯罪しかない。あたしたちは剽窃者(ひょうせつ)、ホラ吹き、犯罪者なのよ。

サヒーフ　こいつが不平不満をまき散らしてやがるワケはお見通しでさ、ドデカソーセージ様。女どもはいつだって同じだ。こいつ、あの反逆的なホモと暮らしてて、欲情しくさってるんですわ。

ジェイニー　あたしの顔は彼を不愉快にしてしまいます。

サヒーフ　正真正銘のオトコのこのオレ様でも、そいつの気持ちはわかるって。

ジェイニー　あたしには眠る場所がどこにもない。必死で働いて評判を上げここから出るための金を手にする。そうしたら生き返れるんだわ。

ボス　黙らせろ。女どもが口をきくのは禁物だ。

サヒーフ　（ジェイニーに）おまえさん、いい加減自分のバカさ加減に気づいたら。それから、働いてガッポリ稼いでトンズラなんてこともできっこないってことによ。

ボス　股を広げるくらいのことはしてもらわんとな。

サヒーフ　その上出血大サービスとくらあ。

ボス　あのこヤリたがってんの？　恋人欲しいの？　わしらのもっこりチンコがお気に入り？（笑）やつは女だ。人間であるということがどんなことなのか、やつにはわからんさ。（ジェイニーに歩み寄り両方の太モモを鷲づかみにして押し広げ）いいんでないか〜い。これが人間ちゅーもんだわな。（機嫌が悪い。サヒーフに向かって）仕事に戻れ。

サヒーフ　オレたちを置いていかれるんで？　ドデカソーセージ様。

　雷鳴があちらこちらで轟きはじめている。混乱と恐怖が忍び寄る。

サヒーフ　（ジェイニーに）ここをおん出ようったっておまえ、どうやって金稼ぐつもりだい。

ジェイニー　できることは何でもして。

サヒーフ　事態は進行する。理由も意味もありゃしない。道は二つに一つ。どっちを選ぶつもりだ。貧乏人がゼニを身につける方法なんかねえんだよ。（間）どうするつもりだ。

ジェイニー　もう、わけわかんないッ！

第四幕

ジェイニーは、ジュネから『葬儀』二部とハッシュを盗んだかどで、アレクサンドリアの牢獄にぶち込まれている。檻の中の獣の如く柵に囲まれ独房にいる。一時間毎にケバケバ着飾ったイギリスの法廷弁護士のような装いのエジプト人裁判官が通りかかっては、彼女が何者なのかおしえてやる。

裁判官1　おまえは女だ。

裁判官2　このグチだらけのハナたらし。おまえは自分のために立ち上がるってことを知らない。他人を喜ばせることだけがすべてだみたいに振る舞いおって。クソだ、死人だ。

裁判官3　おまえは淫売、盗人、ホラ吹き、腐れ魚、浪費バカ、自分勝手な気取り屋だ。
裁判官4　おまえはこの世のあらゆる悪の権化だ。
　等々。
ジェイニー（看守たちに向かって）あんたたちなんか大っ嫌い。
カーター大統領　それがどうした。
ジェイニー　あたしにだって幸せになる権利はあるわ。
カーター大統領　おまえに権利などない。全世界は悪だ。何を考えたって無駄だ。おまえたち女どもはいつでも不平ばかり並べている。どうして我々ファシスト男のようになれんのかね。黙って苦情を引っ込める術を覚えたらどうかね。悪というものの詳細と特質について学んだらどうかね。（間）おまえはあまりにも孤独。もはや耐えられない。おまえの苦しみは他人の苦しみとは何の関わりもない。ハイそこで。さまざまな形の苦しみを知り、苦しみを見つめ、そして大きくなるんだ。
　おまえは真実が存在するものと思っている。すべてはウソっぱちなのさ。すべてウソっぱちなんだから、我々がわざわざウソつく必要なんてないわけだ。虚偽や物質主義や隠匿や矛盾に誇りを持つことを学ばなければいけません。
ジェイニー　了解！　くそッ。自分のクソ持って墓へ行きやがれ。わかったか。ちょっと言わせてもらう。
　今夜

夜が来たら、あたしはあんたたちの
家へ忍び込む、そしてあんたたちが何のパワーも持たない
その夢の中で、盗みを犯させ、淫売に仕立て上げてやる。
未知の世界に御案内……

看守　（割り込んで）そんなことをして何の得になるんだ。あるものはただ、この憎悪の中の苦しみだけだ。おまえは孔雀みたいに気取って歩きまわる。苦しみなんて存在しない。この世の苦しみは、全部おまえの思考の中にあるんだから。

ジェイニー　あんたたちなんか、取り返しのつかない悲嘆に沈み込めばいいんだ。完全に希望なんてなくしちゃえばいいんだ。そうよ。災いそのものになっちゃえばいいんだわ。

看守　そんなものは単なる言葉に過ぎない。

ジェイニー　現実を追い求めるのよ。あんたたち、あたしがやってることを理解するまでには狂っちゃってるわよ。

看守　俺はな、おまえが何者なのか言い聞かせてやってるとき、おまえというものがわかるのさ。おまえを裁くことで、おまえというものを理解する。おまえを打ちのめしているときに、ジェイニー、おまえを愛しいと思うんだよ。

ジェイニーはまだ牢獄の中。何も見えないので昼か夜かもわからない。彼女は目が見えない。

以前よく、盲になったらステキな男性が現れて、同情し、救ってくれることを心に描いていた。今や、そんなことは起こらないものだと悟った。

ジェイニー （黙考し小声で）この世は腐り果てている。たった今、目の前に愛とか愛を獲得できる金とかの何か素晴らしいものが現れたとしたって、笑い飛ばしてやる。いや、そうはしない。今このときもこれからも愛なんてやって来ないことは確かだから、いっそ死んだ方がマシ。前みたいに自殺を図ったりするのは避けたいけど、死を体験したい。どうしたら死を体験できるかしら？

（大声で）オ〜イ、死神！

（死神、答えず）

ジェイニー あたしが女だって、返事くらいしたらどうなのさ！

死神 何か用かよ、このイマイマしいクソガキ。

ジェイニー どうしてあたしが男に愛されないのか、どうしてあたしの人生がみじめな肥溜めみたいなのか、どうして苦しみが存在するのか、おしえてください。

死神　オレはあんたの看守じゃないからね。生きた人間だけが看守なのさ。

ジェイニー　あなたは最も偉大な反逆者だわ。もっと上手に反逆するにはどうしたらいいかおしえてくれない？

死神　犯罪者、淫売、カスとしてのあんたの中のプライドが苦しみを引き起こしてるのさ。

ジェイニー　だから何なの。

死神　死がどんなものか、おしえてやろうか？

ジェイニー　結構よ。死んだらわかるから。

（死神、去る）

ジェイニー　夜だけが残る。あたしはひとり。今、殺人者たちが襲来する。

（雷鳴の音）

第六幕

ジェイニーがオマワリに投獄されて間もなく、ジュネはブタ箱で彼女と合流するため、貧乏人と不具者から盗みを始める。彼はジェイニーを愛してはいないが、行動をともにすれば面白いことになるだろうと直観している。数ヵ月間、彼は公然とあらゆる人々から盗みを働く。白人知識人としての彼の名声に一目置いているオマワリたちは初めのうち近づかずにいたが、ついには彼の部屋に押し入り手錠をかける。

牢獄の中にいるということは、膣の中にいるということだ。この世でどんな形であれセックスするということは、資本主義と性交るということだ。ジェイニーとジュネの前途やいかに。

第七幕　資本主義者が集い、ジェイニーに関する問題を話し合う。

ドデカソーセージ氏　奴隷のジェイニーは最低です。まったく。労働者はブタ、女はそれ以下だが、あれは輪をかけてひどい。私はあれが一緒に住んでいる例のホモから盗みを働くようお膳立てしたんですよ。そうすれば一生閉じ込めておけますからな。なのにあの女は今、犯罪者連中と淫売どもに、我々は人なのだなんぞと思い込ませようとしている。もしあいつらが自分たちを人だと思うようにでもなれば、まちがいなく反乱を起こしますぞ。ジェイニーをどうしたものでしょうな。

ハメヅラ氏　（ウィーンのインテリ伯爵）たとえ投獄という処置であっても、泥棒は自分に注意が注がれるたびに、自分は人格を所有していると思いはじめるものです。
ドデカソーセージ氏　では、どうしたものですかな。自分のところの労働者を皆殺しにするわけにはいかんのですよ。この私が働くハメになりますんで。
フェラチオ氏　（カイロの南約十五キロのところに広大なソラマメ農園を所有している）私のところでは、ちょいちょい百姓の舌を切ってやることにしてます。あいつらに必要のない末端部分はなんでもね。
ドデカソーセージ氏　今、うちんとこの労働者は自殺する覚悟ですよ。
ハメヅラ氏　一体、彼女は何者なのです？　十四歳ですと？　その年頃の子どもに何ができるというのだ。我々は完全武装している。世界中のあらゆる兵器とそれを設計した科学者を手中に収めている。（灰皿に葉巻の灰を落とす）要はですな、やつらに生きる必要があるんだと信じさせておきさえすれば、取りあえずやりたいことをやらせておいてもいいということですよ。

（エジプト人が一人忍び込んで来て、木に火をつける）

ドデカソーセージ氏　テロの気配がする。労働者は我々を憎んでいた。我々はやつらの期待を斥けた。少しでも多く労働させるため、場所や時間の範囲を制限した。やつらはあらゆる人間を憎みはじめた。世界を。やつらは世界を破壊してしまいたいのだ。自分自身を。やつらは集団自殺を図ろうとしている。ジェイニーを見てくださいよ……

アレが問題なんだよなまったく。

（もう一人のエジプト人が、木に火をつける）

ハメヅラ氏 彼女に自殺させなさい。全員に自殺させなさい。やつらの赤ん坊はもらっておきましょう。

資本主義者たちは地面に横たわり、セックスする。これが昨今、我々に唯一なじみのあるセックスだ。

フェラチオ氏 われらの愛、ここに永久に。

エクスタシーの只中にある彼とほかの連中は、人造ちんぽと口紅とダイヤモンドと膝当てと付け爪とペースメーカーと人工腎臓と胸当てスポンジとコンタクトレンズとアメリカンエクスプレス・カードと虚偽の声とをかなぐり捨てる。

虚偽。虚偽。虚偽。

ハメヅラ氏　よろしいですか、我々は言語を所有しています。言語は、我々の世界を表現する手段として、ハッキリと、正確に用いられなければならないのです。

フェラチオ氏　あの反逆者どもときたら、ハッキリしたためしがない。連中の言うことはまったく意味を成さないんですから。

ハメヅラ氏　神聖な言語を無闇にいじりまわして、あらゆる宗教に敵対してさえいる。

フェラチオ氏　言語がなくては、反逆者どもは結果的に己の首を絞め上げることになりますよ。

（この間、上演中の劇場が放火される）

ドデカソーセージ氏　サヒーフが私に言うことには、私んとこの労働者ときたら毎晩叫び声のレコードかけて、眠るかわりにお互いをナイフで刺し合って喜んでるってんですよ。これが我々が言語と呼ぶところのものでしょうか。

（返答なし）

ドデカソーセージ氏　連中は皆ジェイニーだということです。連中はそろって変態、性転換者、犯罪者、そしてオンナなのだ。やつらを皆殺しにして、新種の労働者獲得のための計画を立てようではありませんか。

（ステージの別の一帯が燃え上がる）

第八幕

ジェイニーとジュネは監獄で隣り合った檻に繋がれている。二人の体はふんぷんたる悪臭を放っている。小声でやりとりしている。

ジェイニー　戦争が起こりかけてる。
ジュネ　珍しくもない。戦争なんて資本主義者のオモチャだ。
ジェイニー　その戦争のことを言ってるんじゃないわ。恐怖が至る所にあって、高まってるのよ。
ジュネ　おまえはこのブタ箱より臭い。この下劣な臭いヘンタイめ。
ジェイニー　（それでも囁きつづけて）夜が開く、
　　　　　　　我らの太腿に、
　私の手の中のこのオマンコのように

まんこまんこまんこおまんこ。
我らは降りて行く、
　心の中のトンネルか
　洞窟にいるかのように、
夜がすべてを解放する
殺人者、暴力の創造者たちが
一人残らず
おまえの穴から出てくる。
究極の暴力の創造者は私の
太腿、血塗れの指の爪、そして
オマンコの奥の歯。

お願い夜よあたしの心を支配してこんな詩きらいこれ以上生きていたくないだってジュネがぶってくれなくなっちゃったんだもの。
（親殺しの男が殺人者役で出演回数を更新すべくまた演じはじめる。ジュネとジェイニーが観ている）

ジュネ　見ろよ……

　かすかな光が壁の上方の小さな穴から洩れて来て、突然黒くなる。電気が切れ真っ暗闇になったその中で、上流中産階級の女たちとオマワリが、店の窓をブチ破り、チェーンで浮浪者を叩きつけ、徘徊する。黒人の若者が十歳の少女のピッチリした黄色いセーターの下に手を突っ込む。

ジェイニー　狂気と苦悩と恐怖に祈りましょう。

ジュネ　我々はもうじき死ぬ。そんなことより自由のことでも考えたらどうだ。

ジェイニー　夜が開く、

太く怒張したチンポコを

目の前にして

私の股が開くように。

　靄がかかったような抽象的な状態の終焉。これで『屏風』をメいっぱい剽窃して具体的な細部を始められる。物を書くという行為はひどい剽窃だ。あらゆる文化は腐っていて、新たな腐れ文化をこしらえる理由なんかない。

第九幕

黄金の都アレクサンドリアの雑多な人間たち。

通りには、空色、茶色、薄い灰色の二階建てのレンガ造りと木造の家々が建ち並んでいる。赤茶色、空気と表面、その上に金色の光、太陽、そのまた上に淡い青。空気は灰色で幾分濃厚だ。

鳥が空中で鳴き騒ぐ。突然の大音響の続発に恐れをなして。モダンなマンションが数棟。浜がすべてを取り囲んでいる。

芸術家　世間をアッと言わせるような芝居を書きたいですねえ。ちゃんとやるには少なく見積もっても二十万ドル要る。オーケストラと最低五人ないし十人の俳優、助監督、一流振付師、業界で五本の指に入る振付師ってことだが、それから張り出し舞台。
パンク・ロッカー　何がなんだかワケわかんねー。この世は破滅の運命。信じられるものなんかありゃしねーんだって。
怠惰な金持ち　金持ちは一層豊かに、貧乏人はますます貧しくなっていく。この国では右翼が台頭してきている。税金は廃止され学校は閉鎖、プロポジション13が国中で施行される。すべては実利的、だから何もかも悪化してゆく。
にわかセレブ女　（反逆者たちに向かって）反逆者の皆さんて、とってもファッショナブルでいらっしゃるのね。ほんと巧みな裂け具合のボロ布だこと。そういうボロ着、どこで買えますの？

反逆者たち（ジュネとともに脱獄してきたばかりのジェイニーに）腐れバカ。出て行け。おまえらみたいな糞だらけのケツつけた犬どもに用はない。ドブの中でも這いずりまわってろ。

ジェイニー　世界はおぞましいものなのか、私の生はおぞましいものなのか、変革への努力は無駄なことなのか、ほかに何かあるのかどうか、おしえて。欲望はいいの？

ジュネ　サヒーフはどこかな。

ジェイニー　世界はおぞましいものなのか、私の生はおぞましいものなのか、変革への努力は無駄なことなのか、ほかに何かあるのかどうか、おしえて。欲望はいいの？

反逆者たち、ジェイニーを街から追い出す。

第十幕

アレクサンドリアの外の砂漠。ジェイニーとジュネは歩きつづけている。もうすぐ何もかもなくなる。照りつける太陽と激しい疲労のため、ジェイニーとジュネには、蜃気楼や反射、自分自身の像、自らが描く世界のイメージしか見えない。

ジェイニー　疲れた。もう動けない。太陽と砂塵。私は太陽そして砂塵。路上の砂塵は私の中で吹き上げ、私を食い尽くす悲しみ。ジュネ、あたしたちどこへ行くの？
ジュネ　（まっすぐジェイニーを見て）わたしはどこへ行こうとしてるんだ？
ジェイニー　ジュネ、あたしたちどこ行くの？
ジュネ　わたしは行く、わたしひとりで。おまえなんかゴメンだ。近寄られるほどに嫌悪感をおぼえる。わたしは行くよ、いいね。果てしなく遠くへ、モンスターの地へと。たとえそこが陽の昇ることのない場所だとしても、つきまとうおまえはわたしの影だ。
ジェイニー　行ってもいいわよ。
ジュネ　その汚らしい体をわたしにぴったり寄せるなら、おまえはわたしなんだ。モンスターの住む地を探しに行かなければ。
ジェイニー　貧困と牢獄じゃ物足りなかったの？
ジュネ　貧困と牢獄なんてほんの手始めさ。今までそれに気づかなかったのか？　もうじき眠ることもできなくなって、アザミを食らわなくちゃならなくなるんだ。
ジェイニー　アザミ？
ジュネ　砂。
ジェイニー　人っ子一人いない。何もない。生き物の姿もない。石は結局ただの石。欧米諸国はもはや何物でもない。すべては海へ海へと、あたしたちは砂へと消えてゆく。
ジュネ　もう怯えなくてもいいんだ。

ジェイニー　そんなの無理よ。（間）鏡。（櫛を取り出し、汚らしい髪の毛をとかしはじめる）

ジュネ　触るな。（彼女のウジまみれの髪の毛から櫛をつかみ取り、それを折る）

ジェイニー　あなたの言うとおりにする。でもあたし、（勇気を出し毅然とした態度で決意を固め）あなたがだれなのか忘れ去ってほしいの。（訂正して）だれだったのか。ためらわずに、あたしを影とモンスターの地へと連れて行ってほしいの。あなたに、底知れない惨めさと辛苦の只中に陥ってしまってほしいの。あたし――毎秒毎秒生み出されるあたしの醜悪さ、女らしさの欠如、傷だらけの肉体ゆえに、もうこんなことぐらいしか言えることは残されていない――あたしあなたに、望みのないままに存在してほしいの。悪を選んでほしいの。憎悪と暴力を感じてほしいの。アザミの繊細さを、岩の柔らかさを、暗闇の、空虚の美しさを拒絶してほしいの。ねえジュネ、あたしたち二人がどこを旅してて、どうしてそこを旅してるのか、あたしにはわかるの。それは旅するってことだけじゃなくて、あたしを追っ払ったあいつらに、平穏無事でいられるチャンスを、モンスターの地をそこへ行かずして知るチャンスを与えることなんだわ。

ジュネ　そんなことが可能だと思ってるのか？

（長い沈黙。ジュネは片方の靴を脱ぎ、気になっていた小石を一つ振り落とす。

そして靴を履きなおす）

砂漠は燦然と輝く。太陽は黄色からオレンジ色へと次第に変わってゆく。きらめくきらめくオレンジ色。輝きを増しながらそれは沈んでゆく。鮮やかな色彩を失いつつ暗い赤に変わり、オレンジ色の空に消えてゆく。オレンジ色の上下にスミレ色のラインが現れる。スミレ色の部分は長くなり、青い色に深まってゆく。藍色のあいだの空は紫色。雲の上は薄紫。雲は暗い球体の上を流れてゆく。砂漠は灰色。空気は冷えてゆく。

そして夜。

犬どもの遠吠え。突き出した頭のてっぺんが見える。

ジュネ　この標石に頭を休めてお眠り。

ジエイニー　眠る？　あたしが岩の上歩きまわって、アザミ食べて、太陽に皮膚を焼かれるままにしてるのは、あたしの永遠の眠りを殺すためなのに。

ジュネ　今しばらくはくたばりそうもないんだから、せめて眠らせておくれ。死のうとするのは良からぬことさ。あそこで神がすべてをコントロールしている……

終幕

一方アレクサンドリアでは、反逆者が街を占拠し、手中に収めんとしていた。血は間歇泉のように空に噴き上がりはしないが、世界の端から端まで、夜はなんと紅いのだろう！

ジュネとジェイニーは旅を続ける。カイロを通過し、ミニヤーとアシュートの二都市を抜け、ルクソールへと下る。そこに着くと、ジュネはジェイニーに金をいくらか手渡し、元気で、と言う。自作の戯曲が上演されるので、それを見に行くのだ。

彼女は死ぬ。

時の一秒

そしてハトが……

そしてハトが、ルクソールの暗いサバパシャ墓地にあるジェイニーの墓の上方で、互いの出来事をクークー囁き合っている。
まもなく数多のジェイニーが生まれ、ジェイニーたちは地上を覆った。

血みどろ臓物ハイスクール
このこと以外あたしは知らない
親も教師もボーイフレンドも
みんな出て行け。

この人たちは汽車が好き、
　　　あの人たちは船が好き、
あたしはあなたの腰の振り方が好き
欲しいのはあなたの唇の味、
　　　　ｂｏｙ
欲しいのはあなたの唇の味。

旅

裁判官はもういない。泥棒、殺人者、
煽動者だけ。

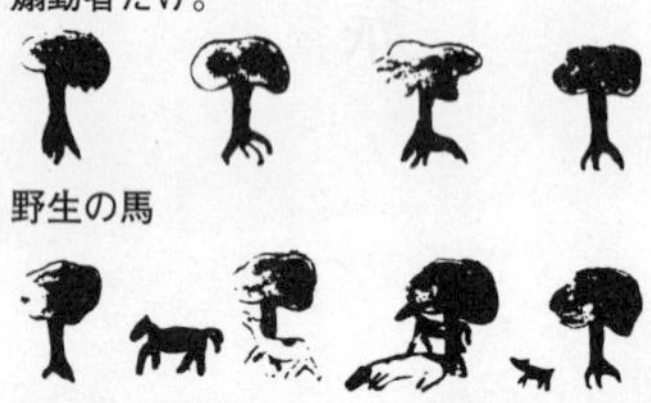

忘れられた街

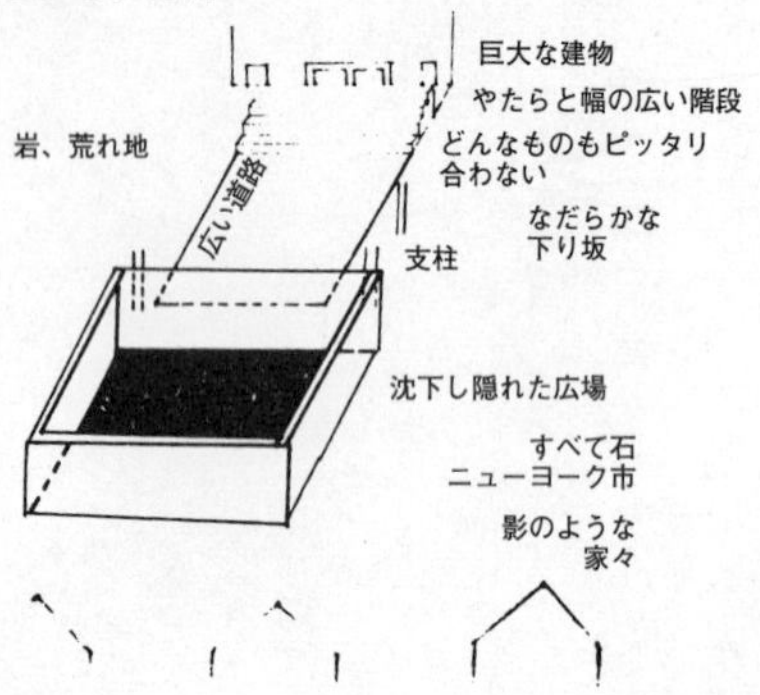

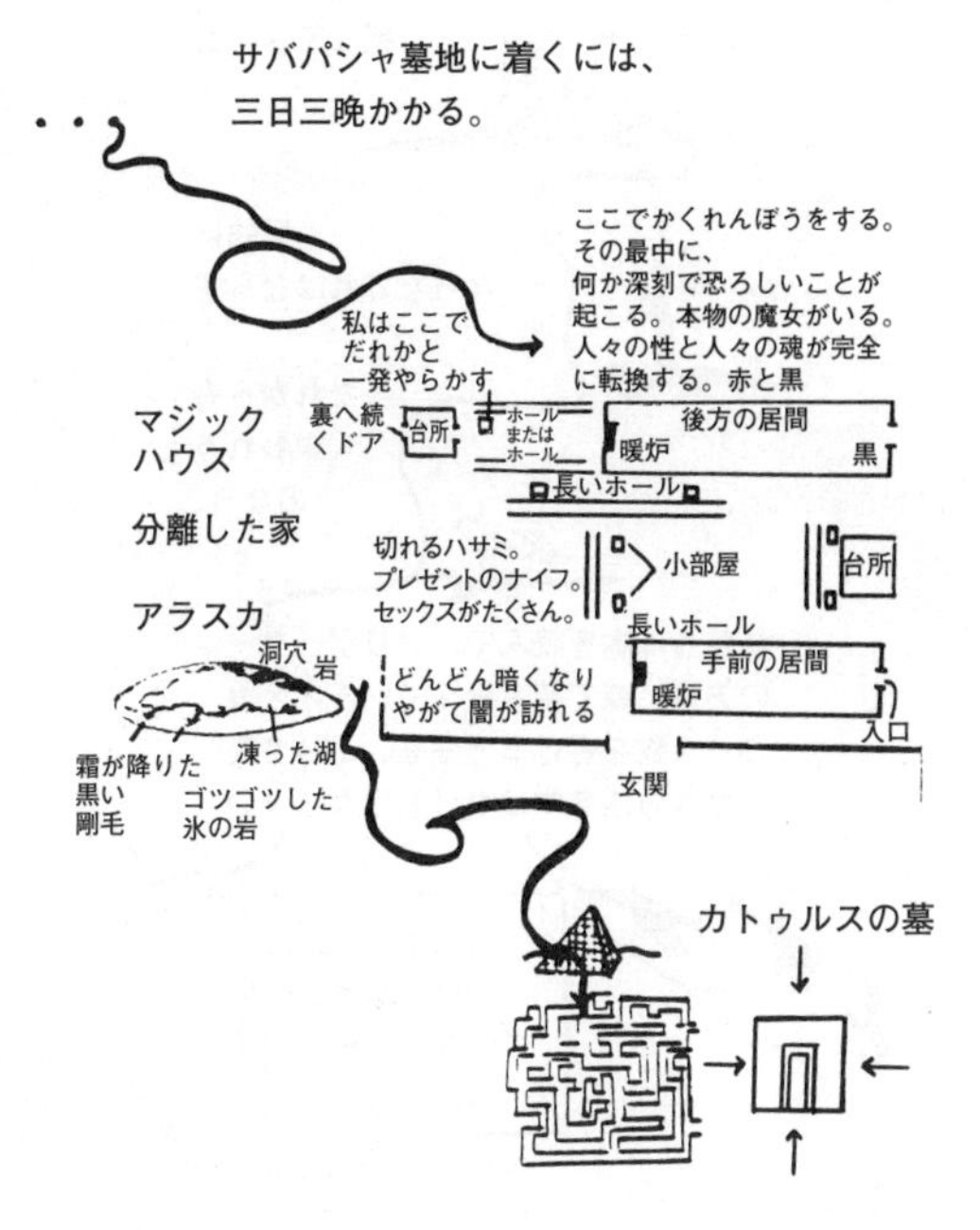
サババシャ墓地に着くには、
三日三晩かかる。
ここでかくれんぼうをする。
その最中に、
何か深刻で恐ろしいことが
起こる。本物の魔女がいる。
人々の性と人々の魂が完全
に転換する。赤と黒
私はここで
だれかと
一発やらかす
マジック
ハウス
裏へ続
くドア
台所
ホール
または
ホール
後方の居間
暖炉
黒
長いホール
分離した家
切れるハサミ。
プレゼントのナイフ。
セックスがたくさん。
小部屋
台所
アラスカ
長いホール
洞穴
岩
どんどん暗くなり
やがて闇が訪れる
手前の居間
暖炉
入口
霜が降りた
黒い
剛毛
凍った湖
ゴツゴツした
氷の岩
玄関
カトゥルスの墓

死んでさえも
怪物に
ならなければならず
だれからも
嫌われる
のなら、
私たちは本を読んで、アリゲーターのアゴ、森で待ち構えているオオカミ、大蛇を避ける方法を、そして鳥になる方法を学ばなければならない。

私たちは墓に辿り着いた。しっかりと本を握りしめていた亡きカトゥルスが目覚め、次の話を語ってくれた。

私が存命中、金のことしか頭にない卑劣で悪に染まった僧侶が、私が探していた本、今こうして死人の私が手に持っている本を、10 万ドルでどうかと言ってきたのだよ。新品の棺桶を二つおまけにつけろとも言われた。私はその通りにすると、やつの喉元に短剣を突きつけた。殺そうとした瞬間、やつは、鉄の箱の中の青銅の箱の中のヤシの箱の中の象牙の箱の中の銀の箱の中の金の箱の中にその本はある、と言った。

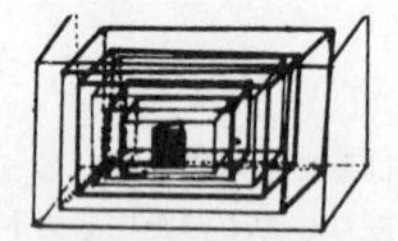

私たちの頭を狂わせる欲望の群れに
包囲され、

両端がくっついている金の腕輪に
取り囲まれた欲望、

イースト・リバーで。

カトゥルスが言う、
私は出発する、
イースト・リバーへと……

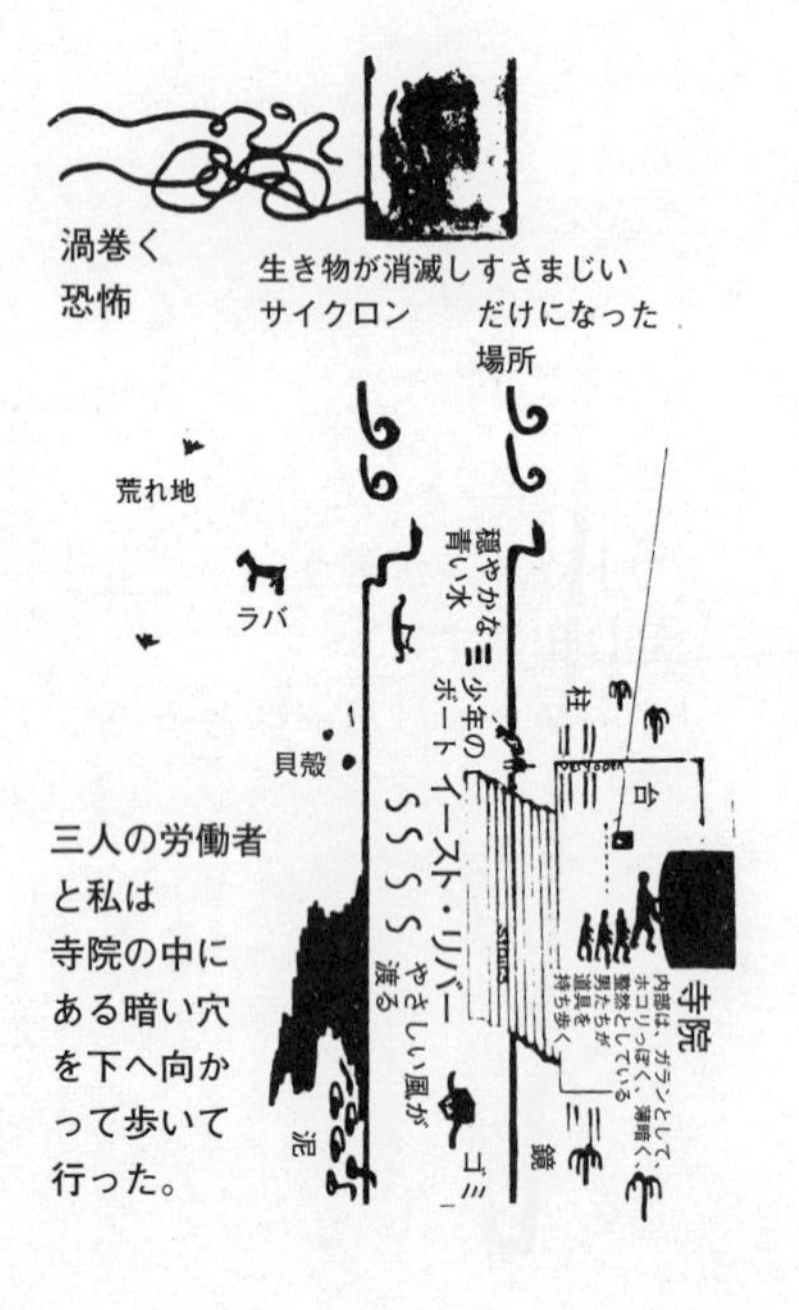

三人の労働者
と私は
寺院の中に
ある暗い穴
を下へ向か
って歩いて
行った。

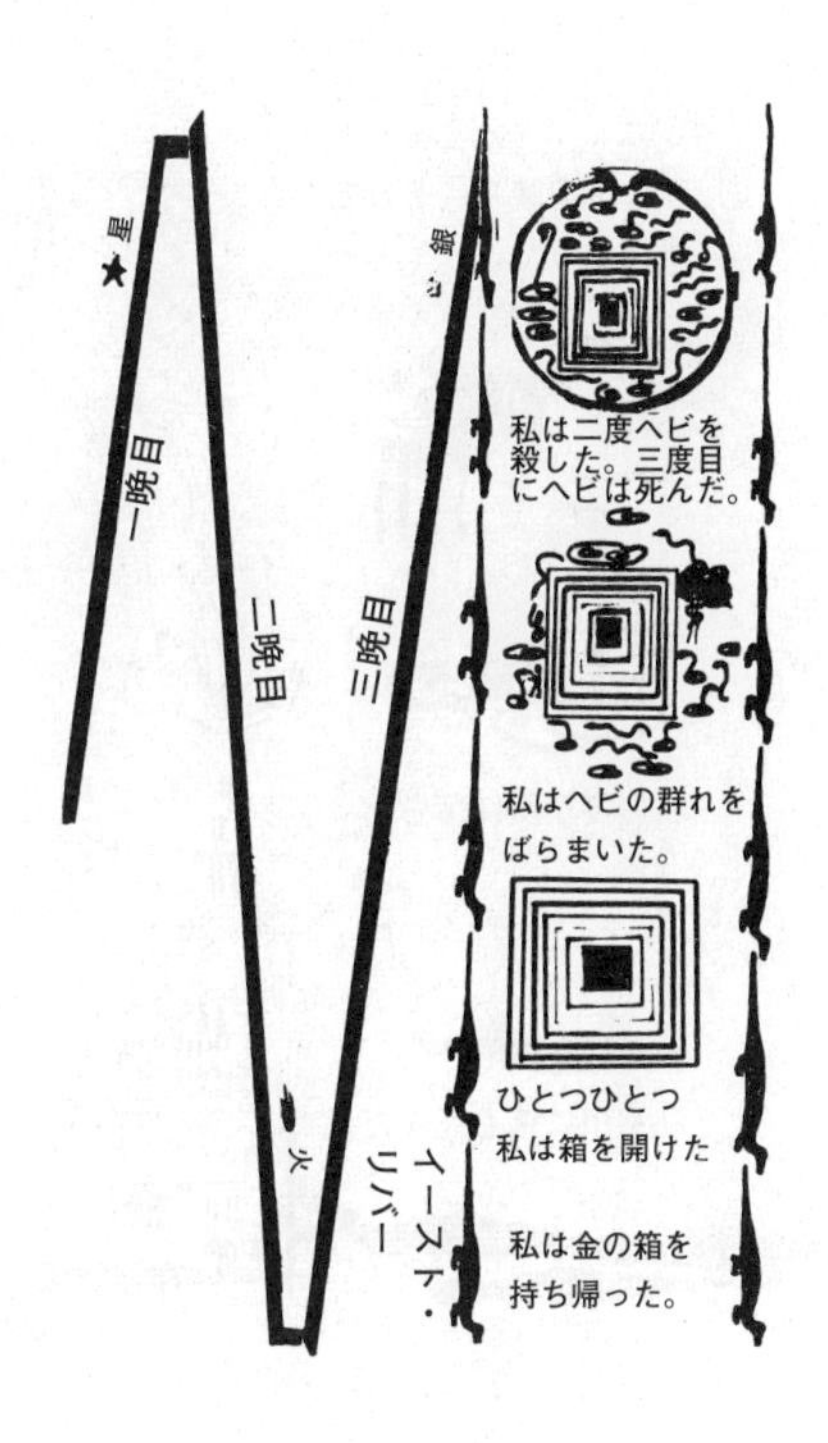

星
一晩目
二晩目
三晩目
銀
火
イースト・リバー
私は二度ヘビを
殺した。三度目
にヘビは死んだ。
私はヘビの群れを
ばらまいた。
ひとつひとつ
私は箱を開けた
私は金の箱を
持ち帰った。

私は本を読み、そして
鳥になった。
イースト・リバー
私の妻が川に落ちた
死んだ妻
死んだ
赤ん坊
私の子供たちが、
川に落ち、
死んだ
私も川に落ち死んだ。
死んだ私
本

「どんな危険が待っていようとかまわない。死んだ男が話し終えたら、彼に言うのだ。「でも、私たちはもう人間じゃない。何としてもあの本を手に入れなければ」

「諸君は自分のしていることがわかっていない」と死んだ詩人が言う。

「何もわかっちゃいない。だから何もできないのだ。

「諸君は資本主義者のブルジョワのあばずれだ。

「諸君は狂っている。帰りたまえ」

あの本を手に入れなければ！

私たちは悪魔に成り代わる死んだ詩人と赤い本をめぐって賭けをする。

悪魔は賭けに勝とうと本にある様々なトリックを使う。

悪魔とはイメージ。地獄を想像してみるが
いい。私たちは本をつかみ取り、逃走する。

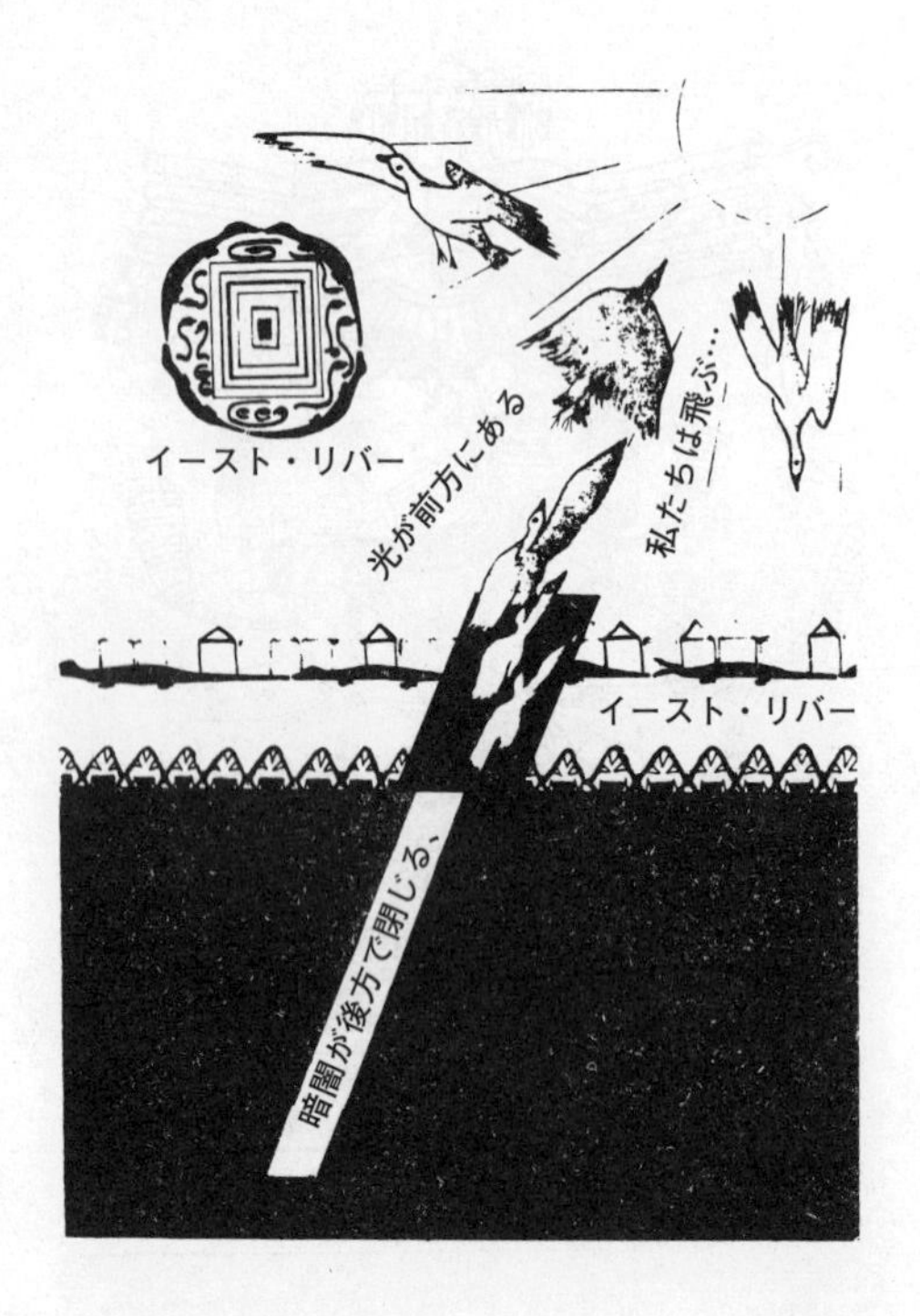
イースト・リバー
光が前方にある
私たちは飛ぶ…
イースト・リバー
暗闇が後方で閉じる、

私たちはセックスを、

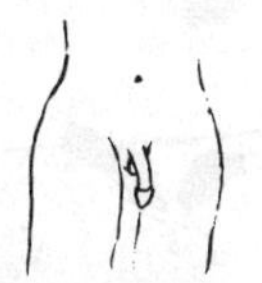

泥棒を、殺人者を、
煽動者を、

今宵のように私たちに向かって
開く巨大な太モモを夢見ている。

こうして私たちはこの世界
を自分たちのイメージの中
で創り上げる。

THE WORLD

世　界

世　界

一条の光が世界に差し込んで来た。まばゆい白い光が薄明かりを目も眩むばかりの燃え上がる幸福に変える。平和。古代エジプトの芸術様式、今、オオカミたちが木々のあいだから姿を現す。

これはオオカミ。

これは犬。

これは馬。

これは象。

これはカンガルー。

これはヘビ。

これは花。 

金の腕輪が死体の腕にはめてある。 

銀のスタッズが付いた
黒く太い腕輪が死体の足首に
はめてある。 

太陽は世界。

黄金の地、
古代エジプトには

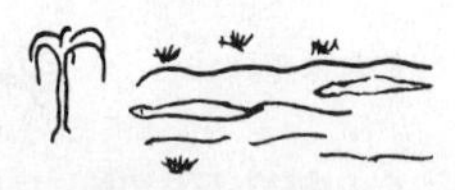

巨大なアリゲーターが丈の高い草むらに棲んでいた。

アリゲーターの王は力。

魂にはその意のままに彷徨う自由がある。

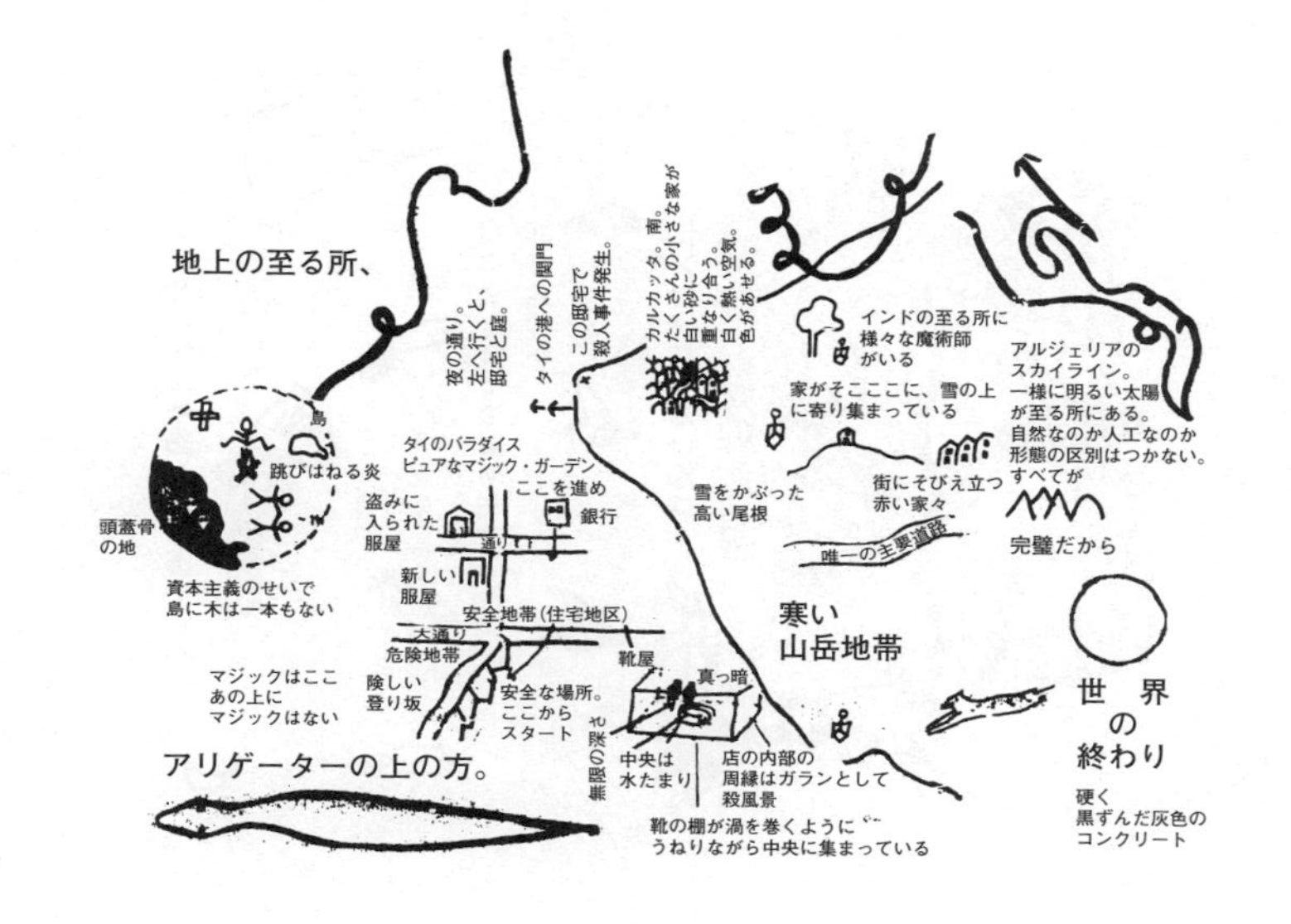
地上の至る所、
夜の通り。
左へ行くと、
邸宅と庭。
タイの港への関門
この邸宅で
殺人事件発生。
カルカッタ。南。
たくさんの小さな家が
白い砂に
重なり合う。
白く熱い空気。
色があせる。
インドの至る所に
様々な魔術師
がいる
家がそこここに、雪の上
に寄り集まっている
アルジェリアの
スカイライン。
一様に明るい太陽
が至る所にある。
自然なのか人工なのか
形態の区別はつかない。
すべてが
完璧だから
島
跳びはねる炎
頭蓋骨
の地
資本主義のせいで
島に木は一本もない
タイのパラダイス
ピュアなマジック・ガーデン
ここを進め
銀行
盗みに
入られた
服屋
通り
新しい
服屋
安全地帯（住宅地区）
大通り
危険地帯
険しい
登り坂
安全な場所。
ここから
スタート
靴屋
真っ暗
雪をかぶった
高い尾根
街にそびえ立つ
赤い家々
唯一の主要道路
寒い
山岳地帯
マジックはここ
あの上に
マジックはない
アリゲーターの上の方。
無限の深さ
中央は
水たまり
店の内部の
周縁はガランとして
殺風景
靴の棚が渦を巻くように
うねりながら中央に集まっている
世界
の
終わり
硬く
黒ずんだ灰色の
コンクリート

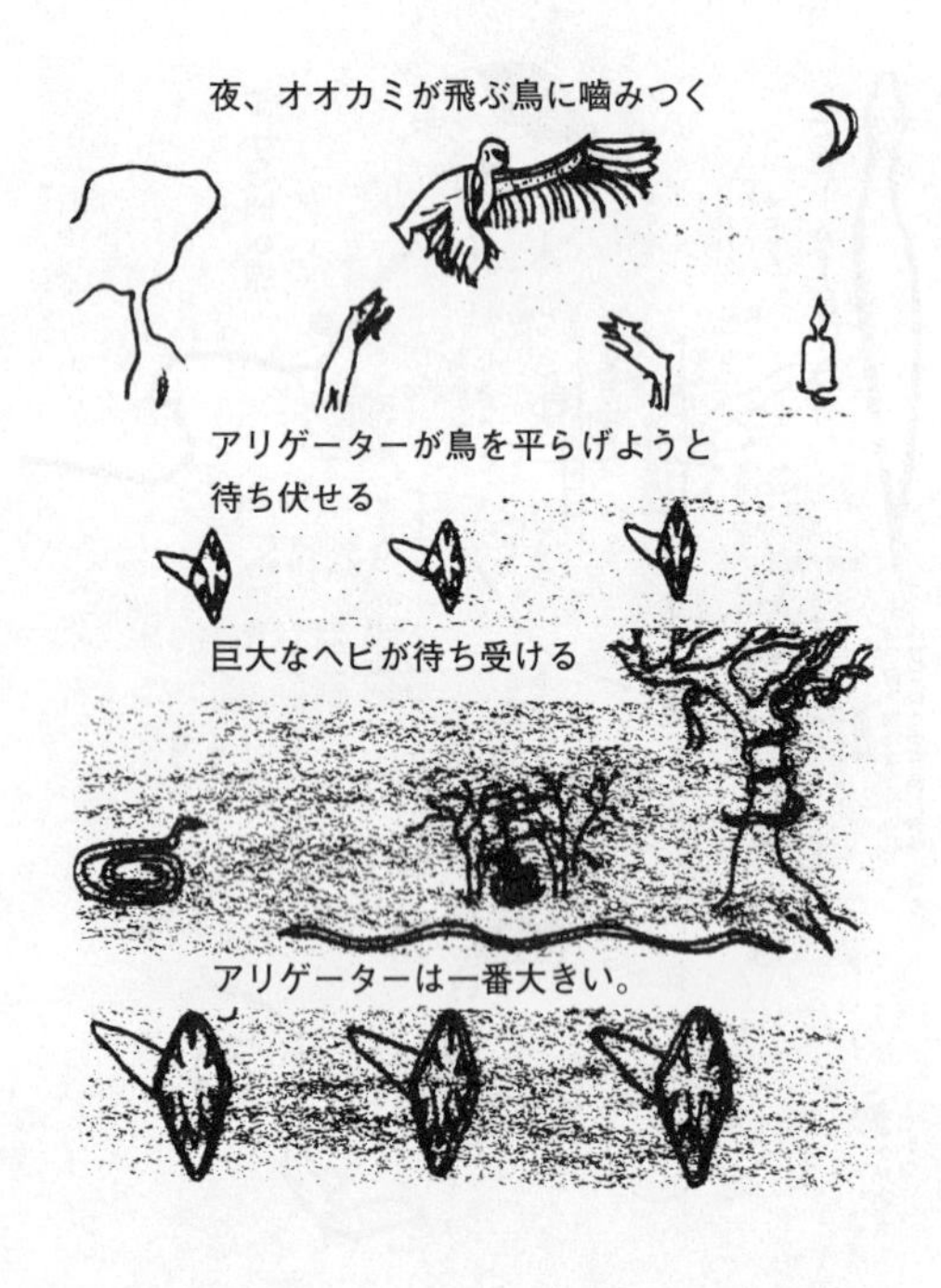
夜、オオカミが飛ぶ鳥に噛みつく
アリゲーターが鳥を平らげようと
待ち伏せる
巨大なヘビが待ち受ける
アリゲーターは一番大きい。

人間は、アリゲーターと鳥になりたい鳥の中間の生き物だ。

古代の書物には、人間が何かほかのものになれる方法が記されている。

人間の転身に関する最重要文献は、アレクサンドリアのサババパシャ墓地にあるカトゥルスの亡骸とともに隠されている。

書物というのはすべて死人たちによって書かれたものだから。


みんなでこの素晴らしい本を探そうか。死人でいることをやめようか。あらゆる期待から抜け出す道を探そうか。

単行本訳者あとがき

本書は、"Blood and Guts in High School" (Picador, 1984) の全訳である。アッカーが本書の執筆に着手したのは、パンク・ムーヴメント初期の一九七六年だった。まもなくストーンヒル（アメリカ）、続いてトーマス・ラントショフ（ドイツ）両社と出版契約を交わすが、日の目を見るのは一九八四年のグローヴ・プレス（アメリカ）とピカドール（イギリス）からの出版を待たなければならなかった。そしてそれからさらに八年も経過した今年、ついに日本での紹介がかなったという次第である。現在、十数ヵ国で出版されている本書は、すでにカルト・クラシックスの一つに数えられ、発禁になっていたドイツにおいても、最近めでたく解禁になった様子だ。

キャシー・アッカーは一九四七年四月十八日、ニューヨークに生まれた。十代の頃より、詩人や前衛映画作家、ミュージシャン等様々なアーティストの中で生活し、詩作を中心とした言語体験を積み、大学では古典を学んだ。富裕になるはずが諸々の理由で文無しの身となってしまった若きアッカーは、セックス・ショーで演技の日々となる。しかし、そのどん底のストリート・ポリティックスに激烈な揺さぶりをかけられたおかげで、ナイーヴな文無しからタフな文無しへと見事に変身を遂げ、以後、頭は限りなくスキンヘッドに近くなり（もっともヒッピー隆盛のセックス・ショー時代に本人はすでに髪を剃っていた）、全身の筋肉はボディビルで日々鍛え上げられ、入れ墨の面積はますます増え、革ジャンはいよいよ臭くなり、（近年額のシワは増えたが）モーターサイクルに跨がる後ろ姿は逞しくなる一方という稀代のアウトロー作家として、熱い支持を集めるに至ったのである。

アッカーが非常にニヒリスティックだった時期、考えてみたらフォルダーの間のページに入るものなら何を書いたっていいじゃないかと、従来の小説の形態を大胆に打ち破って執筆したこの『血みどろ臓物ハイスクール』は、キャシー・アッカーの出世作とされている。七〇年代前半よりアメリカのアンダーグラウンド出版社から作品は出していたが、同書への反響は別格だった。のちに英国の週刊情報誌『タイム・アウト』創刊二十周年記念号の一九八四年のコラムに、本書の出版が同年の重要事としてリスト・アップされたことにも、当時の読者の熱狂ぶりがうかがえる。

アッカーに対する形容は様々だ。ポストモダン・パンク作家、ポストモダン実験小説家、ポストパンク・フェミニズム作家、ポストパンク・ポルノ作家、女バロウズ、剽窃の作家、論争の嵐を呼ぶ面倒なヤツ、ボディビルの入れ墨姐ちゃん……等々。本書は、アッカーの長篇小説としては日本初紹介作品である。だからこそ、ヘタな解説休むに似たり、と。直観でこの本を手に取った方々は、体表むきだし頭カラッポ臓物丸だし下半身無防備で向き合ってほしい。感情も肉体ももはや眠らない。生きる屍(しかばね)オタク連中にはついては来れまい。

アッカーは、我々の心の中にくすぶる狂気と孤独と愛と絶望と憎悪の混沌を言葉にして、薄暗い夕空に次々と炸裂させる。同時代のマインドスケープ。遠くに絶えずオートバイの爆音が聞こえる。そして、奇妙に忘れられない言葉の断片が、身体のどこかにぶら下がる。

セクシャルでポリティカル、鮮烈で挑発的、破壊的感性を全身から放つアッカーは、読む者に様々な形態のエネルギーを充塡する、類い稀、かつ重要なライターだ。そしてキャシー・アッカーは、「笑える」。

数年前のある日曜日の夕刻、ロンドンのアート・センターで初めて彼女に会った。キャシー・アッカーの作品に興味あるいは共感がおありでしたら彼女のライティングと皆さんのライティングについてディスカッションしにお越し下さいというから行ったのだが、週に五回ウエイト・トレーニングをやっていたがチョットやり過ぎかなと思って(クセになりやすい)今は週三回に減らしてみたまあそこいらを歩いている平均的な男なら間違いなくブチのめせると言っている作家にあなたと私のライティングについて下手な質問でもしてオマンコ呼ばわりされた挙げ句ケリでも入れられたらどうしようと万が一に備えてナックルダスターで武装して出かけたのは誤解で、実際のアッカーはどんな質問にも真摯に答えてくれる、ダイレクトな性格のいい人だった。他人を見かけで判断するのはやっぱり良くない。

誰からも相手にされない訳稿の束を踏みつけそうになっていたところを救ってくれた現代日本翻訳界の大変態山形浩生氏、並びに、訳稿を一読、即座に出版の意志を固められた白水社編集部の藤波健氏、後藤達哉氏に、満腔の謝意を表す。

渡辺佐智江

一九九二年八月

*小田島雄志氏訳、シェイクスピア『マクベス』(白水uブックス 白水社)から一部を引用しました。

文庫版訳者あとがき

　この作品が白水社から単行本で刊行された一九九二年前後、日本において、キャシー・アッカーは、アカデミックなおっさんたちにより、ポストモダン実験小説家、ポストモダン・フェミニズム作家、ポストパンク・ポルノ作家、女バロウズといった括(くく)りで紹介されていた。一方、アカデミックなおっさん以外の方面からは、過激なビジュアルでメンチ切ってる姐(ねえ)ちゃん的なコメントしか聞こえてこなかった。

　初めて訳した本だった。こんなふうにカテゴライズされただけで終わってしまうものなのか？　わたしは困惑した。そして、ちがう、そこじゃないとつぶやいているうちに、一九九七年、アッカーは五十歳の若さで病没してしまった。

『血みどろ臓物ハイスクール』、こうして復活したいまこそ、著者の鮮烈で生々しい言葉を、作家としての胆力の凄さを体感してほしいと願っている。

キャシー・アッカー著作リスト（長篇）

Great Expectations（1982）

Blood and Guts in High School（1984）『血みどろ臓物ハイスクール』、本書

Don Quixote（1986）『ドン・キホーテ』、渡辺佐智江訳、白水社、一九九四年

Empire of the Senseless（1988）『アホダラ帝国』、山形浩生・久霧亜子訳、ペヨトル工房、一九九三年

In Memoriam to Identity（1990）

My Mother: Demonology（1993）『わが母　悪魔学』、渡辺佐智江訳、白水社、一九九六年

Pussy, King of the Pirates（1996）

本書は、河出書房新社編集部の島田和俊氏の手でここに甦った。

バイク用ヘルメットをわきに抱えて、ロンドンのＩＣＡそばの階段を駆け降りてきたアッカーの姿が、いまでも目に浮かぶ。

二〇一八年一〇月

渡辺佐智江

本書は、一九九二年九月に白水社より刊行された単行本『血みどろ臓物ハイスクール』を加筆修正のうえ文庫化したものです。文庫化にあたり、原著の変更に合わせて最後の三章の順番を入れ替えました。

血(ち)みどろ臓物(ぞうもつ)ハイスクール

二〇一八年一二月一〇日　初版印刷
二〇一八年一二月二〇日　初版発行

著　者　キャシー・アッカー
訳　者　渡辺佐智江(わたなべさちえ)
発行者　小野寺優
発行所　株式会社河出書房新社
〒一五一-〇〇五一
東京都渋谷区千駄ヶ谷二-三二-二
電話〇三-三四〇四-八六一一（編集）
〇三-三四〇四-一二〇一（営業）
http://www.kawade.co.jp/

ロゴ・表紙デザイン　粟津潔
本文フォーマット　佐々木暁
本文組版　株式会社創都
印刷・製本　中央精版印刷株式会社

Printed in Japan　ISBN978-4-309-46484-8

花のノートルダム

ジャン・ジュネ　鈴木創士〔訳〕　46313-1

神話的な殺人者・花のノートルダムをはじめ汚辱に塗れた「ごろつき」たちの生と死を燦然たる文体によって奇蹟に変えた希代の名作にして作家ジュネの獄中からのデビュー作が全く新しい訳文によって甦る。

ブレストの乱暴者

ジャン・ジュネ　澁澤龍彥〔訳〕　46224-0

霧が立ちこめる港町ブレストを舞台に、言葉の魔術師ジャン・ジュネが描く、愛と裏切りの物語。"分身・殺人・同性愛"をテーマに、サルトルやデリダを驚愕させた現代文学の極北が、澁澤龍彥の名訳で今、甦る!!

残酷な女たち

L・ザッヘル=マゾッホ　飯吉光夫／池田信雄〔訳〕　46243-1

八人の紳士をそれぞれ熊皮に入れ檻の中で調教する侯爵夫人の話など、滑稽かつ不気味な短篇集の表題作の他、女帝マリア・テレジアを主人公とした「風紀委員会」、御伽噺のような奇譚「醜の美学」を収録。

ロベルトは今夜

ピエール・クロソウスキー　若林真〔訳〕　46268-4

自宅を訪問する男を相手構わず妻ロベルトに近づかせて不倫の関係を結ばせる夫。「歓待の掟」にとらわれ、原罪に対して自己超越を極めようとする行為の果てには何が待っているのか。衝撃の神学小説！

O嬢の物語

ポーリーヌ・レアージュ　澁澤龍彥〔訳〕　46105-2

女主人公の魂の告白を通して、自己の肉体の遍歴を回想したこの物語は、人間性の奥底にひそむ非合理な衝動をえぐりだした真に恐れるべき恋愛小説の傑作として多くの批評家に激賞された。ドゥー・マゴ賞受賞！

なしくずしの死　上・下

L-F・セリーヌ　高坂和彦〔訳〕　46219-6 / 46220-2

反抗と罵りと怒りを爆発させ、人生のあらゆる問いに対して〈ノン！〉を浴びせる、狂憤に満ちた「悪魔の書」。その恐るべきアナーキーな破壊的文体で、二十世紀の最も重要な衝撃作のひとつとなった。

著訳者名の後の数字はISBNコードです。頭に「978-4-309」を付け、お近くの書店にてご注文下さい。